余声不绝

胡姚雨 著

青春文学
冠军档案

山东城市出版传媒集团·济南出版社

图书在版编目（CIP）数据

余声不回 / 胡姚雨著. -- 济南：济南出版社，
2022.1

（青春文学·冠军档案）

ISBN 978-7-5488-4897-4

Ⅰ. ①余… Ⅱ. ①胡… Ⅲ. ①短篇小说－小说集－中
国－当代 Ⅳ. ①I247.7

中国版本图书馆CIP数据核字(2021)第279071号

出 版 人	崔　刚
责任编辑	尹利华　叶　子
封面插画	黄琼萱
装帧设计	胡大伟

出版发行	济南出版社
地　　址	济南市市中区二环南路1号（250002）
编辑热线	（0531）86131748
发行电话	（0531）86922073　86131701　86018273
经　　销	全国新华书店
印　　刷	山东临沂新华印刷物流集团有限责任公司
版　　次	2022年1月第1版
印　　次	2022年1月第1次印刷
成品尺寸	145mm×210mm　32开
印　　张	9.5
字　　数	150千
定　　价	59.80元

（济南版图书，如有印装质量问题，请与印刷厂联系调换）

余声

不回

目 录

Part 1　心跳闪烁

我永远记得这个下午，天空明亮如画，飞鸟轻盈掠过。双双失去机会的我们，不仅没有感到悲哀，反而在清冷的走廊上，感受到来自彼此最浓烈的温暖。

Part 2　余生不归

好像这轰轰烈烈的人生转折，不是高速公路上的弯道超车般惊心动魄，而只是白纸对折般无声无息，留下的不过是一道浅浅的青春折痕。

余声
不回

目 录

Part 3　少年何处

> 只剩空旷的余音远远地漾开，像年少的我们，再也没有回来。

Part 4　碧蓝相见

> 你知道我不会认输，就像我知道你决不低头。
>
> 我最大的希望，就是我们永远有高下、始终有距离——
>
> 但我也希望，距离只有……一点点。

余声石窗

Part 1

心跳闪烁

　　我永远记得这个下午，天空明亮如画，飞鸟轻盈掠过。双双失去机会的我们，不仅没有感到悲哀，反而在清冷的走廊上，感受到来自彼此最浓烈的温暖。

洞穴里的微光

一

连跑带喘地赶到教室，我发现，靳勇果然不在位子上。

老金站在教室中央，朝我斜了一眼，继续若无其事地领读。

我在同学们响亮的朗读声里低着头，默默地走到了靠窗的座位前。

靳勇桌上一片狼藉，纸笔散落一地，一看就是他愤怒离去的"成果"。我弯腰去捡的时候，瞥见了那支透明蓝壳的圆珠笔，身体颤抖了一下。我一样样捡起来，用纸巾把这支笔来回擦了好几遍，再小心翼翼地放回他的笔袋，拉上拉链。

我知道，这一次，靳勇是真的伤心了。

早修结束，我拦住了程星云，"你们……"一看到程星云的脸，我自己先噎住了。

程星云的额头上贴着纱布，鼻尖红肿，腮帮子那儿还透着淤青，配上他今天穿的维尼熊套头衫，让人感到震惊又好笑。

看来，靳勇真的下了狠手。

"……为什么打架呢？"面对我的疑问，程星云只歪了下嘴角，意欲离去。

"他已经那么伤心了，你为什么还要处处相逼！"我自己都没想到，会冲他大喊大叫。

"……哈？"程星云转过身，挤出一个哭笑不得的表情，"姜平，你以为你是谁？你什么都不知道。"

对，我什么都不知道，没有人告诉我为什么。靳勇和程星云是怎么打起来的？靳勇现在身在何方？往后，靳勇的路又该怎么走？这些问题像一根根针，扎得我脑袋疼。

一只手在我肩上拍了拍。老金在我身后，面无表情地说："你过来一下。"

二

我在江阳路的小巷口停下自行车，悄悄观察对面的"洞穴酒吧"。

路边霓虹闪烁，像飘忽不定的鬼火。我靠在墙上，想起老金白天说的话——

"我以为靳勇已经彻底改变了，结果怎么还是这副样子！"

"家人去世了，我们都能体谅，但不能把情绪发泄在同学身上啊！这不是流氓行径吗？"

"让你监督他，结果连你也不知道他去哪儿了，你到底有没有把我的话听进去？"

我掏了掏耳朵，想把这些碎碎念从脑壳里挖出来。我没有告诉老金，江阳路上有一家"洞穴酒吧"，这就是靳勇最可能出现的地方。甚至，连我都进去过一次。

时间无声无息滑过，近9点，一阵喧闹声传来。我仰头，一秒都不耽误地把靳勇的脸从人群里钓起。他拥在李锦明身边，一副醉生梦死的样子。我推上车，悄悄跟过去。

挤挤挨挨的人影像化开的墨水，终于只剩下他薄薄的背影了。我用力一蹬，把车横在他面前。

靳勇身上冒着酒气，呼吸也清晰可闻。

"还认得路吗？"我冷冰冰地问。

靳勇有些不耐烦："要你管！"

我放下车，双拳朝他捶去："你难过就难过，为什么非要变成这种样子！你妈要是泉下有知，也不会安心的！"

"你懂什么！"靳勇也朝我猛推，我连连后退。

我继续上前与他拉扯："你还来不来上学？还来不来？"

靳勇手臂一挥，轻轻松松把我甩得老远。

光影下，我看到他的手腕上竟多了一条蛇样扭曲的文身。

我惊呼起来："你……你……铁了心要做流氓吗？！"

他头也不回地走进黑暗里。

我不想追了，只觉得身体越来越凉。

也许，我费尽心思来找他，甚至想劝他回头，从一开始就是个错误。

三

半年前，因学籍问题，我赶在初二期末考前，转入春晖中学。

五月，碧空如洗，正值花期的天目琼在学校的主路上一片亮白。

这会是个全新的开始吧！我站在学校大门前，用祈祷的口吻，在心里默念。

"你认不认识小熊？认不认识他……"这时，我听到一个模糊不清的声音从耳边飘来，下一秒，就感到手臂被一双手抓住了。

"你认不认识小熊？你带我去找他……"

一张脸凑到我的跟前，我被结结实实吓了一跳：眼前的女人头发散乱，双目却炯炯有神，她直勾勾地看着我，好像已认识我多年。她没由来的问话和激动的神情，让我下意识地惊呼起来。

还好，门卫熟练地插到了我们中间，迅速将我们分开了。

我在惊怕之余苦笑起来："还真是个新的开始啊。"

我连忙跟着往里走，却忍不住回头再看看这个疯疯癫癫的女人，刹那间竟心生恻隐。

这些年，我一直跟着打工的父母颠簸在外，日子过得也很波折。为了方便上学，总是寄居在二姨家。虽说是血亲，却也抵不住世态炎凉。这些年，知道自己蹭吃蹭住讨人嫌，平常，我会主动辅导表弟功课，饭前饭后也积极做家务，还时不时拿父母给的零花钱给表弟买吃的。

我小心翼翼地过好每一天，还是逃不掉被人厌恶的命运。

那天，表弟偷了家里的钱和同学去游戏厅。不想，东窗事发，他竟毫无预兆地把手指向了我。我急得话都说不清，但看到大人质疑的目光，又忽然意识到，辩解又如何呢？也许，他们潜意识里就希望是我，不然哪来正当理由，好好惩罚我一顿！

那晚，我被罚不准吃饭。表弟则像个没事人，照旧对桌上的菜挑挑拣拣。

他们说，只要我保证不再犯错，就不会告诉我父母。我硬着喉管"嗯"了一声。

第二天，我就看到存钱的罐子被挪了位置。

那以后，除了必要的交流，我越来越不肯主动说话了，面对冷冰冰的二姨一家人，我的性格也越来越敏感而自卑。

但还好，胆小懦弱的我，学习成绩却不是一般的好。一路走来，几乎包揽各种考试的前三名。

当然，不可能没有考差的时候。只是，受敏感又傲娇的性格驱使，我是绝不可能让自己难堪的分数暴露在人前的。有几次还因为怕考砸，太紧张而引发了肠痉挛，考了一半被送去了医院，想想都觉得可悲。所以后来每次考试，我都先不写名字，等交卷前再写。如果预感这次要考差了，我就把姓名栏空着。发卷的时候，这些"无名氏"会被留在讲台上，我趁没人注意偷偷拿回来就行，可以避免很多不必要的伤害。

四

来春晖中学报到的那天，校长室里人声鼎沸。初二年级几乎所有的班主任都过来了。我站在角落，像个待价而沽的商品，等待某个有钱的主顾将我带走。

我盯着走廊上慢慢游移的阳光出神。忽然看到一个身影从门外掠过，朝自行车棚狂奔而去。为了抄近路，他还横穿草坪，像一条鱼在绿色的海洋里游动。执勤的老师看到后，在他身后大喊起来，他却身子一拐，消失在车棚后面。

我笑了起来。回头看看，老师们仍旧争得不可开交。

是啊，马上就要初三了，带毕业班的老师个个身负指标，一个班的重点升学率越高，奖金就越多。我这样的成绩，摆明了谁带就谁得利，只有傻瓜才不想抢我。

我又把头转向门外。这时，我看到学校围墙上，刚刚那个飞奔的身影居然一蹬一蹬地往上爬，就快要越过去了！

只见他双手攀住墙头，像只吸附在上面的壁虎，右脚伸上了墙头，跟着腰部用力，整个身体一翻，轻轻松松就落到了墙外面。

真熟练啊……我暗暗惊诧，趁班主任都聚在这儿，大白天逃学，会是谁呢？

"姜平，你进来。"校长在叫我，"姜平，你自己有想跟的老师吗？"看来刚刚的争夺战还没分出胜负。

我识趣地摇摇头。

"那好，我有个想法。"校长拍拍手，一副不愿再多说的样子，"大家都想带姜平，可以。现在初二还有个棘手的学生，叫靳勇，不仅成绩差，还常常逃课，扰乱教学秩序不说，还能把一个班的平均成绩拉下很多。这次，如果谁接手了姜平，就把靳勇也一起接过去。正好，也检验检验，这位老师是不是真的有教学实力。大家觉得怎么样？"

话音落下，整个办公室都静了。老师们面面相觑，先前那恨不得立刻把我抓走的气场彻底消散，一个个成了"蔫萝卜"。

我第一次感受到那个名叫靳勇的同学的威力。

五

我被老金要走了。

那天，老金当着大家的面说："校长，我来带吧。"声音仿佛是从牙缝里挤出来的。我后来才知道，老金这个年纪，明明早该评名师、特师了，却因为带的班级总是出不了状元，重点率也经常靠后，评选时总是轮不上他，这才咬咬牙，把我和靳勇一起要过去，算是赌上一把。

通往教室的路上，老金忽然停下，语重心长地对我说："既然靳勇跟你一起过来，那你们就结对吧，请你把他带动起来。你要知道，靳勇是因为你才过来的，校长给我出了难题，也是给你出了难题啊！我们一起攻克它，好不好？"

我有一种被深深坑了的感觉。

我默默地翻了个白眼，乖乖地点了点头。

在靳勇的转班手续完成前，我都是一个人坐着，身边的位子也一直空着。无数次，我都在脑中描画他的形象：社会小混混，凶恶肌肉男还是跟我一样的瘦竹竿？我听说，靳勇之所以会变成现在这样，跟他单亲家庭的成长经历有很大的关系。

这期间，大家都在为期末考全力复习，没人在意我。只有程星云，有一次课间来到我旁边，阴阳怪气地说："你要跟靳勇结对子？恭喜你，一来就跟风云人物打交道，前途不可限量呀！"

我知道他在酸什么。程星云是班上成绩最好的人，我的到来，对他来说无疑是个威胁。我礼貌性地对他露出了一个"假笑男孩"的表情。

靳勇终于过来了。

他来的那个早自习，琅琅书声突然停下来。我心里"咯噔"一下，一眼便认出了他——就是报到那天偷偷翻墙出去的男孩。

靳勇的头发有点长，乱乱的，没打理。肤色比其他人都黑一点，是健康的颜色。他长相普通，只是脸部轮廓格外清晰，更显得面颊清瘦，也显得有些强硬。他穿了一件发黄的白衬衫，领口敞得有点大，隐约透出结实的身材。

他走到我身边，拉开凳子，书包一甩就坐下了。

朗读声又稀稀拉拉地响起，我轻声说了句："你好，我叫姜平。"

"嗯。"

这就是我和他的第一次对话。

六

我就这么苦兮兮地开始了"靳勇改造"计划。

其实我一点儿盘算也没有，老金却希望这次期末考，让靳勇在年级里进步几十名，破百最好。

"你课余多督促督促他，同学之间的影响比老师强迫好多了！"

说得容易啊！他是不知道，这些日子，靳勇一直对我爱搭不理。我和他是班上仅有的两个走读生。每次上晚自习，他常常提前走人，就算挨到铃声响，他也从不与我同行。我对他而言，完全就是个透明人。

白天，他不爱听课，经常看向窗外，盯着一片云或一棵树发呆。有时被老师提醒了，就转而直勾勾地盯着笔袋，有几次盯着盯着，居然睡着了，还是我把他叫醒的。

我向老金反映过这个情况。老金却一口认定，是我不够用心。他说，只要我付出真心，就一定能感化靳勇。大人总是这样，从不会觉得小孩的世界会存在真正意义上的难题，只要简单说几句方向正确、原则无误的话，就能让一切问题迎刃而解。

老金还频频打情感牌来向我施压。他常常漫不经心地提起，如果当初不是他主动把我收编，因为靳勇的关系，可能还真没人敢要我。如果被校长强推给了别的老师，哪里会得到这么多的爱护和关心……

呵，我帮，我帮还不行吗？关键在于，靳勇他答应吗？

光是帮靳勇检查了几次作业，他就生气了："你不要老拿我的作业本。就算我做错了，我也不会改的。"

还好，多年的寄居生活让我练就了屏蔽恶言恶语的本领，靳勇尽管说，反正我照做。时间一长，他也拿我没办法了。

一个傍晚，晚餐铃响起，靳勇拎起书包准备走人。

我立马追出去："你又逃晚自习？"

"我晚上有事。"他把我从身前推开。

"不行，绝对不行。"我闭着眼都能想到，晚上老金看到靳勇不在场的表情。

"你怎么比个女人还烦！"靳勇怒冲冲地朝前走了几步，我上去抱住他的腰，使尽全身力气拖住他，喊道："你如果真的要走，我就喊人！"

靳勇突然停下来，我愣了一下后，脸唰地一下红了，急忙松开了手。

他换了个口吻："你难道不饿吗？"

我这才想起，为了追他，晚饭都没来得及吃呢。

"这样吧，我不逃课，但我也不想吃食堂。我请你去外面吃，吃完，再跟你一起回来。"

"可……"我支支吾吾道，"出了校门，这话还作数吗？"

靳勇白了我一眼。我知道，这已经是他最大的让步。行吧，那就一起去，如果他逃课，我死拉硬拽也得把他拖回来。

事实证明，我还是太年轻了。

七

靳勇在前头带路，我远远地跟着。

他的自行车有变速器，我怎么使力都难以缩短我们之间的距离。

前面是红绿灯，靳勇赶在绿灯的最后几秒，顺利骑到对面去了。我见形势不妙，赶忙发力。谁知，前轮刚冲上人行道，一辆讨厌的汽车就朝我鸣笛——我下意识地捏紧了刹车，顿时像个傻子似的停在了路中间。

路口的小汽车都齐刷刷地紧急刹车，我冷汗直冒。听到有人在车里开骂："不要命啦！"

我只好战战兢兢地退回原地，等待绿灯亮起。

目光透过车流，我已看不到马路对面的靳勇。他把我远远甩下，为的就是这一刻吧？

一股无名的怒火在我胸间升腾起来。

红灯熄灭，绿灯亮起。这时我看到靳勇单脚撑地，在对面等我！

我有点不敢相信自己的眼睛！

我冲到他跟前，刚想说"你还在呀！"就听到靳勇一阵怒骂："你不要命啦！红灯了还闯！有车没看到吗？"

我第一次看到他怒火中烧的样子，两根粗眉毛好像要从额头跳下来，各给我一拳。

"这不没事嘛。"我嘀咕道，"谁让你这么快。"

"你跟就跟，要是出事了，可别连累我！"

话虽如此，他这次放慢了速度，跟我保持着恰当的距离。有几次反而是我超过了他，于是停下来催促："快点儿呀！"

那一刻我忽然觉得，我俩好像已经认识很久了，就像一起出来兜风似的。我不禁被自己这个念头逗笑了。

可真正到了目的地，我却再也笑不出来了。

江阳路 660 号，"洞穴酒吧"。

这……就是靳勇要来的地方？我果然上当了！

"怎么，不敢？"

靳勇挑衅地歪了下嘴角，在入口处看我。

我站在原地，挪不开步子。

靳勇"切"了一声，拉开木门自顾自地进去了。

我这才着急起来，只好也跟了进去。

八

我以为里面会是像电影里那样，霓虹乱闪，群魔乱舞，但没想到，里面环境幽暗，音乐轻柔，倒有一股别样的安宁。

"哟，来了！"

一声落下，背后响起一阵笑声。

我看到靳勇坐在一群陌生人中间。他们头发短短的，大多穿着无袖背心，有几个人身上刺着文身，耳朵上戴着亮晶晶的耳环，连鼻钉都有。

"我给大家介绍一下，这就是我的课外老师……不对，是我的课外家长！专门负责教我好好做人！"靳勇勾着我的脖子，当着大伙儿胡言乱语。我觉得整个身体都在燃烧，扔开他的胳膊，要逃离这个魔窟。

突然，一只有力的大手把我拉住了。

身后是一个比靳勇还要高半个头的男生。他没穿奇装异服，脸上也没有乱七八糟的装饰，但不怒自威的神情，让我看得心里打战。

"锦明，就是他，怎么样？"靳勇凑到这个叫"锦明"的男生身边，"他今天硬要跟过来，我就带他来了。"

"那是贵客啊！"锦明把我拉到吧台前，推给我一杯棕色的浮着气泡的酒，然后他也端起一杯，"初次见面，我李锦明先干为敬！"

我愣愣地看着他一饮而尽，酒杯拿在手里又放了回去。

"不喝？那你来干什么？"李锦明的声音透着一丝愠怒。

"行了李哥，你把他吓着了，人家是好学生。"靳勇终于过来解围，李锦明这才把我面前的酒杯拿回去。

"不喝也可以，"李锦明对我挑挑眉，"既然不喝，以后就不要来这种地方。要是再敢跟靳勇纠缠，你可要小心点儿！"

我恍恍惚惚地走出"洞穴"，好像从一口深井中探出头，开始大口呼吸。

九

冗长的夏天很快就结束了。

初二期末考，我发挥出色，勇夺班级第一。为这，程星云一开学就从老师那儿拿回试卷，还把我的数学卷子往桌上一拍："你这题跳步了，你去跟老师说，这里要扣 2 分！"

我冷哼了一声："扣掉 2 分也比你高！"

这一句，把程星云的脸都噎白了。我立刻起身去厕所，不是因为不屑，而是因为害怕，怕会当场引来他的报复。我这种纸老虎性格，我自己都讨厌。

靳勇的名次依然"深不见底"。为这，老金一边对我点头，一边跟我摇头，让我深感对不起他。

很快，又进行了一次摸底考试，我又是第一。于是，老金把连连退步的学习委员撤了职，让我担任新一任学习委员。

我在心里叹了口气，老金是为我好，但无形中，也又给我树了敌啊。

身任学委，就要在晚自习时，轮流坐上讲台监督纪律。每天都有一张记录表，要把自习不认真的同学记上去，课后交给老金。

看似权力遮天，其实学问很深。大家都不愿得罪人，但也不能交白卷，不然显得履职不力。慢慢地，就流行起一个不成文的规定：每次把靳勇写上去就对了。

一来，他常常破坏规矩，提早离席；二来，就算他没逃课，也可以给他扣个做小动作、睡觉、东张西望的"罪名"，反正没人跟他做朋友，也就无所谓得罪。

今天，轮到我值日。中途下课，程星云趁我上厕所，把我夹在书页里的记录表翻出来，等我回来时，还朝我指手画脚："你疯啦！记这么多！"

我小声道："我都照实写的啊。"

程星云露出一个暧昧的笑容："你是不是不知道我们的规矩……"

"我知道，"我打断他，"但我不想那么做。"

"你当然无所谓啦。你把赵学洋的学委抢过来，不就是为了让自己有特权嘛！"

我觉得全身的血都冲进了脑袋里，顶得我头昏脑涨。

程星云紧接着说："你自己好好考虑吧，第一次值日就这么嚣张，小心以后没人理你。"

刺耳的铃声响起，我像个漏气的皮球，瘫倒在座位上。

程星云的话虽然反胃，却刺中了我的痛处。长久的寄居生活，让我太能理解孤立无援的痛苦了。接任学委，赵学洋已跟我有了微妙的隔阂。如果我公事公办，会不会真的像程星云说的那样，把自己逼入困境？

最后一节晚自习，我神思恍惚，几乎没怎么做作业。

铃声响起，我收拾好东西，把记录表放到了老金的办公桌上。

上面，留下了透明胶来回粘贴形成的毛糙，也留下了一个令我揪心的名字——

靳勇，自习课东张西望，不认真学习。

十

第二天到学校，就看到靳勇被老金约在角落谈话。

我低下头，想赶紧溜进教室。

"姜平，正好，你过来。"我僵在原地，想找块豆腐块一头撞死。

"靳勇，是我让姜平跟你结对子的，你不要敬酒不吃吃罚酒！"老金把我拉到靳勇面前，"你知不知道你为什么能来我们班？都是因为姜平！没有他，哪个老师肯收你？你呢，不知道珍惜，天天上黑名单，我每天上班看到这张纸，就知道晚自习又是你搞事！"

老金的字一个个迸出，我的头越埋越低。

我等着靳勇大声反驳，甚至一怒而走，可他一直闷声不响，直到老金说"回去吧"，他才和我一起走进教室。

我想起自己被表弟诬赖的无奈……为什么到头来，我变成了自己最讨厌的人？

愧疚如岩浆在体内喷涌，把心肺灼痛。

那个礼拜，他一句话都没有跟我讲。

有几次晚自习开始前，他又拎包走。我想叫他，却瞬间丧失了底气。我，有什么资格挽留他呢？

周四，又轮到我值日。

空白的记录表摆在我面前，我发誓，这次天打雷劈我都不会再写靳勇的名字了！

下课铃响，我去上厕所。回来，程星云又站上了讲台："你怎么老走极端呀？这回一个名字都还没写呢。"

"下课前会写的。"我嘀咕道。其实就是不想让程星云看到。

"是吗？"程星云又露出讨厌的笑容，"我看你是成心包庇吧？靳勇人都走了，你还故意不写，有意放水是吧？"

"什么？"我转过头，靳勇的书包果然不见了！他上了一节晚自习，又提早走了！

我用最快的速度冲出教学楼。靳勇刚好从车棚出来，我不管不顾地拦到了车前。

"让让。"靳勇的声音透着惯常的冰冷。

"你怎么又逃课？"我气喘吁吁地问。

"怎么，你过来履行班委职责啊？"靳勇发出一丝冷笑，"你把我记上去就行了，不用费这么大周章。"

我的心像被刀划了一下："对不起，靳勇，对不起，请原谅我。上次，是我太懦弱了，做了和他们一样卑鄙的事，我真的很后悔。我发誓，这次绝对不写你的名字了！可你执意要走的话，我又怎么兑现我的承诺呢！"

"这有什么，你尽管记，我根本没怪你，挨骂受罚，我早就习惯了。"他一边说，一边用力。

"不行，不能走。"我双手撑住车头，"你生气就冲我来，可你一走，就正中程星云下怀，你愿意让他得逞吗？"

我顿了顿，又加一句："就算你愿意，我也不愿意！"

靳勇不吭声了。我能感到，车上的他轻轻晃了一下。

过了好一会儿，靳勇说："随便他怎样，我不在乎。"

我感到自己的心一寸一寸地冷了下去，只好默默地松开手，给车子让路。

夜色里，靳勇穿过昏黄的路灯，迅速驶出了校门。看着那个孤独又倔强的背影，我的视线模糊了。

看着我失魂落魄地回到教室，程星云眯着眼问："怎么样，走了吧？"

我不想理他，顾自翻开了作业本。

"行了，别拖了，赶紧把靳勇记上去。"程星云催促。

我气得想发作，又怕惊动大家。在程星云的注视下，感觉握笔的手都在颤抖。

就在这时，教室后门传来一阵脚步声。

抬头一看，我愣住了——

靳勇！是靳勇回来了！

我站起身，回头看了下程星云，他也是一脸难以置信的表情。

靳勇看了我一眼，不声不响地坐下了。

我顿时有了底气，对程星云理直气壮道："你现在可以回去自习了吧！"

我坐回位子，又看了一眼靳勇，虽然他低着头，可我心里却涌起海浪般的温暖与喜悦。

靳勇，你一定原谅我了吧！

十一

这件事后，靳勇对我的态度明显改善了。

虽然他还是一副不冷不热的样子，但无论我帮他检查作业，还是主动约他去食堂吃饭，他都不再拒人千里。

就在我为此暗暗高兴时，一件意想不到的事情发生了。

那天下午考试，我做完试题后又检查了一遍，就在位子上发起了呆，等待交卷。

突然，有个女人的声音从教室外传来："小熊……小熊……"

熟悉的叫声让我神志一凛，这不是校门口的疯女人吗？她怎么走进教学楼来了！

女人徘徊在走廊上，不断地朝里张望，手里举着一支透明蓝壳的圆珠笔，嘴里念着："小熊，小熊，笔忘了，笔忘了……"我生怕被她认出来，赶紧低下头。老师出去询问，同学们的窃窃私语传过来——

"又是她啊！她怎么进来了？傻兮兮的，居然来送笔……"

"她还在啊。我好几次看到她在路上遇车都不躲，能活到今天真是命大哦。"

"她夏天还穿着棉袄出来呢，不也没热死？说不定脑子坏了，身体却有特异功能……"

一阵嬉笑声在班内漾开，我感到一阵恶心。

就在骚动越来越剧烈的时候，一个沉稳有力的声音透风而来："老师，她是我妈妈。"

靳勇从位子上站起来，走到了女人身边。

全班一片哗然，我也彻底傻了。

我反应过来，女人叫的"小熊"，其实就是"小勇"吧？

靳勇把女人带往校外，直到交卷也没回来。

靳勇到底有着怎样的家庭？他遭遇过怎样的磨难？他的性格是不是都与此有关？一大堆问题在我脑海里跳跃，却找不到出口。

傍晚，靳勇回来了。他一进门，无数目光就像激光枪朝他瞄准。他平静地坐下，把那支蓝色透明的圆珠笔摆在桌上。四周议论纷纷：

"平常装得二五八万的，原来活得这么悲惨……"

"身世可怜，还不肯好好学习，真是恶性循环……"

"也许人家早就想好了出路，本来就准备早点出去挣钱混社会……"

靳勇动作夸张地收拾着书包，让这些碎碎念都收了声，然后头也不回地走出了教室。

我立刻追了出去。

十二

夕阳下的人工湖波光粼粼。

我狂踩踏板，生怕跟丢了靳勇。

"你怎么来了？"靳勇看到我，语气里夹带着不满。

"我担心你啊。"

靳勇鼻子里长出一口气，不说话了。

我们骑了很久，来到一个老旧的小区，房子都只有五六层高，地面也坑坑洼洼。七拐八拐，在一个楼道前停车，上了二楼。

进门，一眼就看到了呆坐的疯女人。她打量了我们几眼，又兀自发起了呆。靳勇走进厨房，开始淘米、洗菜，做这些的时候，我觉得他好像变了一个人，完全不是学校里那个叛逆、不可一世的小混混，而是稳重、细心、认真的居家好男孩。特别是当他切番茄的时候，能看得出，他是个经常做饭的人。

整个过程，靳勇都没怎么说话。即便不说，我也能体会他的心境。这种独自面对生活的体验，我太熟悉了。

我识趣地帮着洗洗碗筷，打扫卫生。

当我端着靳勇做好的番茄炒蛋去客厅的时候，屋门忽然打开了。

不开还好，一开，我差点把碗砸在地上。

门口的高个子，居然是李锦明！

靳勇怎么把他也叫来了！

李锦明也愣了："你怎么在这儿？"

靳勇从厨房出来："我带他来帮忙的。"

李锦明看了看打扫过的地面和家具，终于对我表现出一丝善意。他越过我，走到女人面前，把她身子扶正，告诉她要准备吃饭了。行动干脆利索，话都很少，看得出他也经常来帮忙，是个熟练工。

原来，很多人表面上看似是狐朋狗友，其实是真正值得依靠的好朋友。

那是一顿气氛古怪的饭，我们四个人不声不响地扒饭吃。靳勇和李锦明都不讲话，只时不时地给女人夹菜。但这种古怪里，又分明透着几分同舟共济的温暖。

吃完饭，靳勇要送我一程，我推辞道："没事，我自己走。"

但他坚持与我同行。路上，我忽然想起什么："我刚来春晖的那天早上，看到你翻墙出去，也是因为你妈妈吗？"

靳勇想了想，轻轻"嗯"了一声。

临分别时，他说："今天，谢谢你。"

这是我第一次听他说这三个字。

十三

因为疯女人，靳勇回到学校后，受到的冷嘲热讽似乎更多了。

那一天，靳勇的小组长来收科学作业。小组长嫌他慢，揶揄道："稀了奇了，你也有拖作业的时候，抄一下不就得了。"

我忍不住开口："你等不了就先交，他的作业放在我们组也一样！"

小组长拿眼斜了我一下，走掉了。

我明显感到，因为靳勇，自己也在悄悄改变着。

是啊，他们怎么会理解靳勇的苦心呢？得益于我们之间越来越紧密的关系，靳勇的成绩已经有了非常大的起色。他现在常常潜心钻研我给他提出的问题，坚持自己摸透搞懂，再也不是原来混日子的状态了。

而我，也因为他变得越来越开朗和勇敢。靳勇的生活遭遇，常常让我感同身受，我曾以为自己和他是完全不同、毫无交集的陌路人。现在，竟有了一种患难与共的味道。

这中间，还发生了一个小插曲。

十二月中旬的一次数学小测验，我没有发挥好。交卷的时候已经清楚地意识到自己要考砸了，于是照例没写名字。

相反，靳勇却在那次测验中打了个翻身仗，成绩装了起搏器似的，一下考出了90分的好成绩，让所有人都傻了眼！

程星云有个大题失分，只拿了94分，对他而言算得上是一种屈辱了。尽管如此，我却没有心情"五十步笑一百步"。他带着一股无名的怒火，把靳勇的卷子翻来覆去看了好几遍，终于来到我面前，硬逼我交出试卷。

我拒绝道："没你好，不用看了！"

"是吗？"他眉毛挑了一下，像只四处嗅闻的鼹鼠在我桌上搜索，不肯罢休地追问："你卷子呢？你卷子呢？"

忽然，他想起什么："讲台上是不是还多了一张？"

我的心神剧烈震荡起来，干哑的喉咙讲不出一句话，看着他直直地往讲台上冲。

他拿起那张"无名氏"，来回扫了几眼，很快就确定，那就是我的笔迹。

"哈……哈哈！"程星云怪笑起来，用大家都能听到的声音叫道，"考得不好就不写名字，真有你的啊！姜平，才89分！你也太烂了吧！"

我像是缺氧了似的浑身紧张起来。听他在上面大肆嘲讽，感觉他就像旧社会的地主，把一个做了丑事的家奴不留情面地扒光了衣服，拖到众目睽睽之下，接受大家的审视与嘲笑。

被戳穿了的我，一句话也说不出来。

这时，靳勇噌地起身，三步并作两步走上讲台，一把将试卷抢了过来。

"闭嘴吧，你！"靳勇把程星云朝黑板上猛一推，程星云的衣服上立刻沾满花花绿绿的粉笔灰，狼狈至极。

矮了半个头的程星云立刻涨红了脸，像生吞了一个苹果似的，哽在台上一言不发。

他总归是怕靳勇的。

靳勇把试卷递到我面前，整个过程行云流水，安静的教室也随着程星云的下台，渐渐恢复了声响。

我悄悄环顾四周，露出了一个不被察觉的微笑。现在大家都知道了，靳勇和我，都已不再是原来的自己。

十四

一转眼，到了初三上学期的末尾。

一件大事即将来临。每年这个时候，省实验中学都会来各县的初中进行高中提前选拔。笔试、面试都通过的，可以保送省实验，难度非常大。

虽然如此，选拔的笔试门槛却不是特别高，主要是淘汰率无比疯狂。通过一学期的努力，靳勇的成绩基本稳定在了班级前 15 名，于是他也顺理成章地获得了笔试资格。

那段时间，靳勇听从我的建议，基本不逃晚自习了，上课也越来越认真。我从单向地为他检查作业，慢慢发展为两个人互相检阅。有一次，一道简单的几何证明题被我写得太复杂，反而是他一句"做一条角平分线就行"一下点醒了我。

积极备考期间，程星云也不敢懈怠，很少来骚扰我们。刚开始他知道靳勇也要参加笔试，在我们面前跟吞了芥末似的倒抽凉气，大声咳嗽。我只管大翻白眼，懒得计较。

到很久以后我才发现，这一段日子，是生命里最安宁、甜美的青春时光了。没有多余的念头，没有额外的打搅，只有一个明确的目标，一心一意为之努力。一个人的一生，能有多少这样纯粹奋斗的日子？我有过了，青春就没有什么可后悔的。

靳勇也是这样想的吧。

"靳勇，每个班的保送名额只有两个。我和你，一起把名额收入囊中！"

靳勇不置可否地笑笑："你一定可以！我嘛，重在参与！"

我捶了他一拳，心里却有点感伤。

我就是怀着这样的感伤和激情，跟靳勇一起走进了笔试现场。

这个考场里正好分到了我、靳勇和程星云。

但我没想到，我努力并憧憬的一切，会因为监考老师的几句话，功亏一篑。

那天发卷前，校外来的监考老师提醒："今天坐在这里的都是学校里的佼佼者，考场纪律就不用我多说了。"老师清了清嗓子，"但以前也确实出现过，有些同学太希望成功，铤而走险选择作弊，事实证明，这是无济于事的。一来，很快就会被我们抓到；二来，就算多了那几分，他也照样进不了面试。我们的淘汰率很高，所以你们今天可能会遇到很多平常没见过的考题，都不要紧，以平常心对待就行。"

就是这番话，让我忽然紧张起来。

我说过，我是一个特别害怕考砸的人，而这场考试，我又是那么渴望能成功。尤其程星云就坐在我的身后，我闭着眼都能想象他那饿狼般誓与我一争高下的表情。

试卷发下来，我一看题目，果然有好多没见过的。

这时，程星云在背后喊："报告老师，他抖腿，我桌子都晃了！"

我吓得一激灵。老师拍拍我的肩："别抖了。"

我摊开手，一掌的汗水。

镇定，我一定能闯入面试……我不断给自己暗示，可不仅没起到帮助，腹部竟也开始隐隐抽痛。

不是吧？！在这么重要的考试上，我又紧张到肠痉

挛了？！

我一手按住腹部，一手加快书写，希望在病症加重前，分数多拿一点是一点。

这么多年，我对肠痉挛也积累了一点经验。有几次痛到直接送往医院，有几次却来得快，去得也快。我希望通过适度的按压自行恢复。

事与愿违。

肠道仿佛在身体里狂欢，互相绞缠撕扯，疼得我都坐不直身子。难受地弯下腰，凳子挤到了后桌，程星云立刻大叫："老师！这个人太折腾了！"

我知道自己不行了，照例把姓名栏空着，捂着肚子提早离场。

我没想到，自己会落得这样的结局。

我拿了那么多次第一，却和最重要的机遇完美错过。

我们的青春——或者说人生，是不是都这样？

十五

挂完点滴回学校已经是第二天了。

老金在走廊里遇到我，对我微笑示意。我猜测，他可能还不知道我弃考的事情。我也没多说，叫了声"金老师早"，立刻闪进后门。

一坐下，泪水就在眼眶里打转。

靳勇小声问我："好点了吗？"

我点点头，不想说话。

当天下午，面试名单就公布了，只有一半不到的人上线，淘汰率近60%，布告栏前哀鸿遍野。

"恭喜你啊，姜平，"赵学洋从人堆里退出来，"之前因为学委的事情，我还对你有点意见。这次心服口服，这么难的考试，果然还是你和程星云进了。祝你们都面试顺利哦！"

什么？他在说什么？

我傻乎乎地跟赵学洋笑笑，立刻挤到红榜前看个究竟——入围名单里，5班只有我和程星云——我的天，这到底是什么鬼？

我还没来得及问清起因经过，就和靳勇一起被老金叫进了办公室。

"这种事都干得出来！你们简直是胡来！"老金的神色里透着强烈的心痛和失望，"有人举报，姜平因为身体原因弃考了，不可能有成绩的。实验中学的老师叫我过去查了一下，有张试卷没写名字，但写了'姜平'名字的那张，笔迹明显是靳勇的！靳勇，你怎么能冒名顶替姜平，这是替考！

是作弊！严重起来，入刑都可以！"

我和靳勇吓得大气不敢出，没有料到会有这样严重的后果。

"实验中学那个老师我认识，事情已经说通了，尽量不引起太大的影响。但你俩的成绩都作废！"老金抚摸着半白的眉毛，"好好的一个名额啊，靳勇，就被你浪费了……你俩回去一人一篇一千字的检讨！"

走出门，我还沉浸在震惊中回不过神来。

我问靳勇："为什么……"

"我知道这个考试对你的意义，"靳勇一脸平静，"那天看你跑出去，我就知道你肯定不会写名字，所以做完卷子后，把我的名字改成了你的。当然，我也不确定自己能不能入围，试试而已。毕竟，我的进步都是因为你，而且我没什么名校情结，所以想把机会让给你。"

我的眼泪一行行流下来。

我握住靳勇的手："还有中考呢，靳勇，我们一起努力，通过中考也能进省实验，高中还可以在一起的！"

我永远记得这个下午，天空明亮如画，飞鸟轻盈掠过。双双失去机会的我们，不仅没有感到悲哀，反而在清冷的走廊上，感受到来自彼此的最浓烈的温暖。

我以为，靠着这个梦想，我们一定能顺利走完初中最后半年。

却没想到，第三天，消息传来，靳勇的妈妈窜到大街上，被一辆货车碾压，在马路混乱的人群中，不声不响地告别了人世。

十六

知道消息的时候，我刚好因为之前肠痉挛的事请了假，被妈妈带去医院做健康检查。

群里，大家接二连三地冒泡，大意是靳勇的妈妈死了，靳勇一整天没来上课。当他出现在教室的时候，又单独把程星云叫到外面，不知怎么就打起架来。

据说他们打得很凶，老金来了都分不开！程星云哪里是靳勇的对手，当然挂彩了！

还有人猜测，靳勇做出这种事，估计是想自动退学了。

我的心跳越来越快，脑袋嗡嗡作响——怎么会？怎么会？

当我第二天气喘吁吁赶到学校的时候，所见所做，正如开头告诉你们的一样。

可是，真的就这样放弃吗？

辗转反侧了一晚，隔天，我再次来到"洞穴酒吧"。

凭着直觉，在昏暗的光线中兜兜转转，终于看到了在玻璃桌前打牌的靳勇。

依然是群七七八八的社会青年。当着他们的面，我尽量平声静气："靳勇，你出来。"

一群人纷纷抬头看我，有人问："靳勇，你朋友啊？"

靳勇无所谓地说："不用管他。"

我想起李锦明，也许可以求助于他。我四处望了望，却没看到他的身影。

打牌的人朝我斜了斜眼睛，透着不解，也透着不屑。我心一横，拉过一把凳子，坐了下来："打牌是吧，算我一个，我也来！"

"你搅什么局啊。"靳勇对我吼道，"赶紧走，这里不适合你这种好学生。"

我板着脸："只要适合你的，就是适合我的！"

"哎哟哟……"小青年们跟着起哄，还给我递来一支烟，我犹豫了一下，接过来，故意在靳勇面前猛吸一口。

"咳咳……"酸涩滚烫的味道让我剧烈咳嗽起来。我感到手指被狠狠打了一下，是靳勇拍掉了我的烟："你发什么神经，没抽过抽什么抽啊！"

我梗直了脖子："那又怎样！以后，你打牌我就打牌，你抽烟我也抽烟，你能把我怎样！"

小青年们在底下狂笑："靳勇，你太有魅力了，连男的都这么向着你！"

靳勇冷笑一声："随你的便！"

我就这么迷迷糊糊地加入牌局。我不会打牌，一直输，他们就罚我喝啤酒，我喝了半杯就皱着眉全吐掉了，惹得他们越发不高兴。

有人把牌往桌上一甩："你别真是来搅局的吧！"

那恶狠狠的语调，让我顿时产生了恐惧。

靳勇从人群里钻出来，拉起我："行了，跟我出去。"他回头对大家赔笑："他不懂这些，你们继续哈！"

我跟着他来到外面，冰凉的空气给人清醒。

这时，里面的小青年们跟着出来了。带头的那个说："耍我们呢，要玩就玩到底，什么都不懂，来了就走，把我们当什么啊？"

靳勇把我拉到身后，语气也硬起来："陈哥，有点当真了啊。他就是来看看，什么都不会！"

"你问问他，身上带没带钱！"靳勇回头看了我一眼，忽然他眨了下左眼，我才明白过来，他是要我逃跑！

"我们都是学生，哪来的钱啊……"靳勇一边说，一边用手推我。

"那我得亲自……"不等"陈哥"说完，靳勇迅速转身，大喊："走！"带着我开始狂奔。

寒风扎面，我感到整个肺都被挤成一团。

即便如此，靳勇带着我穿过一个个拐角，躲过一次次追击，危难之中，我竟觉得心是如此安宁。

终于跑到没人的角落，我们靠着墙大口大口喘气，像两条被冲上岸的鱼，快要死了的感觉。

靳勇苍白着脸看看我，我也看着他，下一秒，不约而同笑出了声。

他靠着墙坐到地上，断断续续道："锦明这几天处理他妈妈的事去了……我和锦明已经道过别，今天的这些朋友，是另一批，交情没那么深，所以翻脸也快……我要走了，姜平，跟你一样，因为户籍问题，我要回 B 市参加中考去了。"

十七

我怀疑自己是剧烈运动后产生的幻听，不断反问"什么？你说什么？"

"我爸爸会来接我，期末考完我就会离开。下学期，你就见不到我了。"靳勇恢复了呼吸，吐字也清晰起来。

"你爸爸……"我震惊道，"这么说，你妈妈出车祸前，你根本不是单亲家庭的孩子，传言都是假的！"

"不，是真的。"靳勇无奈地笑了笑，"我没有妈妈。那个痴呆的女人，是李锦明的妈妈，不是我的。"

我呆住了："那你为什么……"

"我妈妈在我小时候就去世了，我爸爸打工在外。在这个城市里，我一直寄居在亲戚家。但亲戚都不喜欢我。锦明是我在这里认识的第一个朋友。他知道我的情况，常带我去他家吃饭。那时候，阿姨的病还没这么严重，清醒的时间也多。她人真的很好，番茄炒蛋，就是她教我的……后来，常常逃晚自习，就是来锦明家，一起陪陪阿姨，帮忙照料。"靳勇笑了一下，"所以，那天和锦明他们吃完饭，我坚持送你出来，也因为那本来就不是我家。"

靳勇顿了顿，继续道："有件事你可能不知道。有一次，我和亲戚家的小孩吵架，气不过就逃了出来，去锦明家借住。谁知走进他们家门，看到了一个人。"

靳勇露出一个苦笑："是程星云。"

这下，换我倒抽一口气了。

"李锦明是程星云的表哥。阿姨好的时候，经常夸星云聪明，说星云成绩好，希望锦明多跟星云交流，跟着星云一起好起来。所以，阿姨给他俩买过一件一模一样的维尼熊套头衫作为礼物，想让他们像亲兄弟一样，感情更紧密一些。"

我紧紧捂住了嘴巴。

"那天阿姨会来教室，其实是凭着印象，找到星云这边来了，她口里叫着小熊小熊，就是因为她买过那件衣服……

可程星云呢……"靳勇说着，拳头渐渐握紧，"阿姨对他那么好，他却羞于承认有阿姨这样的亲戚。那天阿姨出现在教室门口，我就看到他煞白着脸，完全不敢抬头。我这才故意说，阿姨是我妈妈。我是说给他听的，是想让他为此羞愧！"

靳勇声音大起来，眼里泛起泪花。

"他讨厌李锦明，知道我和李锦明熟，自然也讨厌我——这也是他常常针对我的原因。讨厌就讨厌吧，我也没想跟这种人做朋友。我只是……为阿姨感到不值！阿姨对他多好啊！"

靳勇的声音弱下去，透出一丝哭腔。

"阿姨出事后，我回学校找他讲理，是希望他意识到，阿姨的死，他也要负一定的责任！因为阿姨是来学校的路上出事的，她常常来学校，就是期望锦明也能读好的中学，可锦明没能实现她的愿望。你来春晖那天，我翻墙逃出学校，就是锦明短信告诉我说，阿姨又跑来学校乱逛，找不到人了，我才出去一起找人……如果程星云平常能给她哪怕一丁点的抚慰，她也不至于那么失魂落魄！"

靳勇拍拍屁股，站起了身："大概就是我说要他对阿姨的死负责，他才一瞬间暴怒，一拳朝我砸过来，我们就这样打了起来。他一个根本不会打架的人，打得那么用力，看来是真的被我激怒了啊……他还向老金告发了我手腕上的文身，逼我擦掉……呵。"

他一口气说了这么多，我根本不知道从哪儿问起好。只好回到最开头的地方，问："你真的……要走了？下学期不来了？"

靳勇点点头，脸上写满疲惫。

我心里翻江倒海，千言万语不知从何说起，只好假装冷静："那……你更不能变坏了啊！你到了 B 市，绝对不能再跟这样的小青年混了！"

"我没有，没有变坏。"靳勇看向我，我这才发现他的眼睛那么黑，像两口幽深的井，"因为你，我已经变得比以前好太多了，我不会再自暴自弃。"

"那你就听我的，把文身擦了吧。"我劝他，"人死不能复生，你这样做也于事无补啊。"

靳勇抬起手腕，露出那条弯弯曲曲的线，我不知道他为什么要纹这种莫名其妙的图案。

"不能擦，"靳勇坚定地说，"这个不行。"

"所以你根本是骗人！"不知道为什么，我忍不住流下了眼泪，声音也变得嘶哑，"你知不知道，正是因为你，我才勇敢了起来，变得富有正义感。我以为，你也会因我而改变……"我擦擦眼泪，"如果你真的没有变回老样子，就马上跟我走，把文身洗掉，然后我们一起回学校，和老金认个错，再好好准备期末考……"

靳勇挣脱我的手，脸上满是无奈。

"是啊，反正你要去 B 市了，你爱怎样就怎样，以后我也用不着为你费心了。"丢下这些话，我独自转身跑起来。不知是体力不支，还是天气太冷，我觉得双腿好沉好沉，一边跑，一边还在不断地流眼泪，流向未知的黑夜与白天。

十八

两天的期末考很快结束了。

最后那几天里，我在学校和靳勇形同陌路。程星云路过我们，也一声不吭。

想起阿姨去世那会儿他穿在身上的维尼熊，我猜测，靳勇大概没看到吧。

但因为冷战，我始终没有把这件事告诉他。

靳勇走的那天，还在放寒假，我却赌气没去送他。

开学的时候，旁边的座位就这么空了。老金感叹，好不容易把成绩带上来了，人又走了，真是为他人作嫁衣裳……我刚开始还有些不习惯，但紧张的学习很快就能把人变成一部机器，像是被设定好了的生物，你只需要按部就班往前走就对了。那些或大或小的念头，在纷至沓来的作业中，统统化作隐约的雾气，为初中最后的时光，笼上一层青春特有的哀与暖。

铃声响起、熄灭，人群涌入、散开……中考，就这么做梦似的过去了。

走出考场的时候，我恍恍惚惚地想，我短暂的初中生涯，就这么结束了吗？认识的人，发生的事，都成为历史了吗？

唯一庆幸的是，中考期间，我心态平稳，没有出健康状况。

老金走到我桌前："考前怕你分心，没有给你。现在可以交给你了。"

是个包裹。我定睛一看，寄件人是靳勇！

我立刻拆开来，里面是靳勇一封简短的信，一张照片和一纸心电图复印件。

姜平：

离开春晖后，我才意识到，在那里，除了锦明，你就是我最好的朋友。没有人像你这样关心过我，只是一开始我们之间差距太大，才让我觉得很不习惯吧。

我没有告诉你那个文身的意义，是因为我希望它是我一个人的秘密。现在，我想跟你坦白，手腕上的曲线，是我妈妈生前心电图的一小段。锦明妈妈去世后，我好想念自己的妈妈啊。所以锦明和我一起，都在手腕上纹了自己妈妈的心电线，这样，妈妈的心跳就会一直陪伴我们到永远。现在你相信了吗？我没有变坏，妈妈的心就靠在我的脉搏上。

我会一直加油，对得起你教过的知识、给过的鼓励，努力成为和你一样优秀的人。

我的中考目标是省实验中学——我们约定过的，在那里不见不散，好吗？

照片上是靳勇的手腕，我把它和心电图放到一起，两截走向一致的曲线仿佛两个人跃动的心跳，在我面前发出温热可感的声音……

靳勇，你放心，我们的约定，我这辈子都不会忘。

我没有告诉你，你拉着我从"洞穴酒吧"跑出来的那天，我就确信，只要心里有光，无论多么危险、寒冷，我们总能停泊到春暖花开的地方。

抬头，阳光正透过窗户洒在脸上。我攥紧信纸，任泪水轻轻滑落，凝在微微翘起的唇边。

一万个错别字写成的告别

邱捷来的那天，天气不算太好。

一切看起来都很正常，还是那样阴雨沉沉的早晨，还是那样叫人昏昏欲睡的朗读声。在老罗的讲话中，邱捷进来了，大家的声音小下去。我睁着永远睡不醒的眼睛，看到一个个头小小的人走上讲台。他眨着亮晶晶的双眼，开始微笑着介绍自己。

根本没有什么稀奇。我无趣地想着。

就像没有人知道，他是一个快要离世的小孩。

一

从一开始，邱捷就毫不掩饰他的奇怪。

刚成为我同桌的日子，他就自来熟地说道："谢晖，我们做个约定好不好？"

看我不解的样子，他得逞似的笑起来："我这几天手受伤了，可能有好长一段日子没法写作业。接下来的日子，只要是老师布置的作业，就麻烦你替我代写啦——但你放心，我会负责动脑筋和检查，只是不能碰笔，好吗？"

我瞅瞅他的手，手臂健全，五指灵活，哪里是受伤的样子？

我刚想反问，他却看穿了似的接话道："反正你成绩不好，有个人免费教你，替你动脑筋，不是挺好的吗？"

也是啊，我心里笑了一下。做差生就是这点好，什么稀奇古怪的同学都见怪不怪。反正不爱学习的人在校园里本就是异类，邱捷无非是另一种形式的异类，我们之间反而能算得上是同属异类的同类。对同样的少数派，又何必再多嘴呢？

合作就这样达成了。

邱捷皮肤白白的，身材瘦瘦的，扁扁的鼻子下是一溜细唇，一脸邻家乖乖男的长相。

虽然如此，在有些方面，他却总能让我感到一种超越普通男生的老练。

这种将成熟和俏皮混在一起的奇特感觉就像……我说不上来，却又在彼此的交往中愈加感受到。

比如，为了感谢我的帮忙，那个周末，他执意邀我去城北新开的水上乐园。

"有来有往，不欠人情，不然，让人心里不安哦。"

他随口而出的话，我好像只在餐桌上听爸妈讲过。

很久以后，我终于明白了这种奇怪感觉的来由，也明白了随之而来的代价。

二

游乐园里，人声鼎沸。

我兴奋地拉着邱捷朝"高空划艇"跑，那是我期待已久的项目。

原本在我身边同样嘻嘻哈哈的邱捷突然慢下脚步，用一种胆怯的声音说："谢晖，我怕高，我在下面等你。"

我暗自笑了一下，熟练地扳过他的肩，还不无挑衅地对他耳语："告诉你，治疗恐惧的最好方法就是——直面恐惧！"

在"嗷嗷"的尖叫声中，我们从顶峰开始坠落。

自由落体带来的失重感，让人像钟摆一样被吊起，成了时空的奴隶，动弹不得。我感觉身体就像一汪快要被抽干的水池，在风声呼啸中整个儿进入了真空管，重击水面的刹那，又整个儿从水管里喷泻而出——

就是这种感觉！太过瘾，太刺激了！

只有在这样的感觉里，我才觉得那些讨厌的事物统统离我远去，再也没有了束缚。

我意犹未尽地瞄了一眼邱捷，他双眼紧闭，脸色苍白，瑟瑟发抖的样子实在好笑。下来的时候，甚至还需要我搀着他走。

碰到他手的那一刻，我才回过神：邱捷是真的害怕吧？

我有些不好意思地问了句："你还好吧？"

不知是双腿颤抖还是鞋底湿滑，这一问，居然让邱捷一屁股跌倒在地上。

我赶忙扶他，却听"啪"一声，一个方方正正的黑色小本子从他口袋里掉出来。

我假装嘲笑他："真是吓得连魂儿都掉出来啦！"

邱捷急急忙忙将黑色本子捧在怀里，用袖子小心翼翼地擦干净，再不声不响地放回身上，脸色明显更加苍白。

我为自己不合时宜的玩笑感到一丝惭愧。

我把邱捷扶到位子上，跑去买了一瓶水。他略感抱歉地看我一眼，说："我还好……"我这才看出来他并不是很想喝，但还是善解人意地抿了几口。其余的时间就是坐在位子上发呆，当我抬手替他擦去脸上的水珠时，他才回魂似的惊醒过来："谢谢你，谢晖。"

那一刻，他又笑起来，变回往常的模样。

我却第一次觉得，邱捷身上有种说不出的古怪。

我忍不住朝他放黑色本子的口袋多瞄了几眼——似乎，邱捷的异常不仅仅因为恐高，还和那个奇怪的黑色笔记本有关。

那到底是什么呢？

三

下了早修，我和邱捷被老罗叫进了办公室。

老罗敲着一把老旧的折扇，指着我们俩的作业本说："作业错得一模一样，你俩脑子是一样的？"

邱捷白了我一眼，我吐吐舌头，赶紧低头。

写两个人的作业的时候，我又不小心抄成一模一样了。

老罗紧接着说道："邱捷，你转学来十字中学，不就想有个新开始？怎么好坏不分？"

话音刚落，语文课代表秦丽丽进来拿作业。她的马尾一甩一甩，蹭到我的耳朵，让我忍不住笑起来。

"你还敢笑！"老罗敲了一下我的头，"看看人家秦丽丽！我不求你俩出类拔萃，至少态度要端正起来吧……"

思绪飘飞中的我，忽听邱捷插嘴："罗老师，你申请表上有个字错了……"

老罗神色一愣，一边问"哪啊"，一边拿起桌上的"课题申报表"。邱捷毫不迟疑地往上一指，老罗凑近了看，接着抬头："眼睛够尖的啊。"

老罗尴尬的神色让我心里松了好大一口气。果然，很快，他就放我们出来了。

我在心里嘀咕，申请表离我们那么远，内容也密密麻麻的，邱捷怎么能看得那样真切？

更关键的是，我竟隐隐觉得，邱捷那凭空一句根本不像是现场发现的，而是早就知道了。他这么做，就是想趁机转移老罗的注意力罢了。

我的喜悦持续没多久，就被各种疑惑代替。我忍不住喊住邱捷："你怎么知道……"

邱捷快速地眨眨眼，歪头一笑："其实，就是运气好吧！"

呵呵。我心里冷笑着，嘴上却无所谓地"哦"了一声。

邱捷的奇特，我并不陌生。

如果有什么秘密是他不愿说的，我想，至少应该尊重他的隐私。

只是没想到，秘密会那么快就被我发现。

四

当天傍晚放学，我整理完书包要走，邱捷却一反常态地留在位子上。

"还不回呢？"

邱捷声音平静："嗯，再等会儿。"

我留了个心眼。假装出门，路过储藏室，一拐身，躲了进去。

过了一阵，我就听到一声熟悉的关门声。老罗下班了。

透过门缝，我看到邱捷鬼鬼祟祟地跟在老罗身后，朝老罗家的方向走去。

我的心怦怦跳起来。

我像一个蹩脚的间谍，一路躲藏着尾随。

忘记过了多少个红绿灯。在我已经开始佩服自己居然没有跟丢的时候，终于来到了目的地——老罗家楼下。

我躲进隐蔽处，看到老罗在楼道口停好自行车，邱捷也刻意躲在老罗看不见的地方。等老罗上楼了，他才来到楼道口站定。

他捣鼓了一阵，从书包里摸出了一件熟悉的物品——游乐场掉出来的黑色笔记本！

本子摊开在他的左手上，他伸出右手，开始往空气里抓。

这是一幅十分诡异的画面。明明什么都没有，邱捷却愣是对着空气抓了许久。我不知道他到底在做什么，乱抓了一通后，忽地见他拳头一握，像是抓住了什么，小心翼翼地收回拳头，把手心的东西按在本子上。

至此，这个莫名其妙、怪力乱神的表演算是结束了。

我怔了一会儿，突然听到邱捷的声音飘过来："谢晖，过来吧。"

我像个被抓了现行的小偷从角落走了出来，邱捷脸上还是笑嘻嘻的："其实，早在半路上我就发现你了，真是辛苦你跟了我一路。"

他那人畜无害的脸上透着一股不在乎的劲儿，轻松地说："刚刚，你都看到了吧？"

五

邱捷意味深长地对我笑笑，在我面前打开了那个神秘的小黑本。

我这才看到，里头的每一张纸都呈现出深深的墨色。但定睛去看，很快发现有一个个白色的文字在纸页上漂浮，像洁白的鲤鱼在墨水池里游动，这些形状不一的字体还会时不时地撞在一起。

我看呆了。

邱捷说："接下来的话，记得替我保密啊。我是一个字童，是专门收集错别字的人。"

我嘴巴张得更大了："什么童？"

"你不是问我，怎么会远远就看到老罗的错别字么？其实我不用看，有错别字的地方，我都能感应到。"邱捷把本子翻过几页，指着一个字说，"这就是老罗写错的那个字。"

我凑上前，是个"繁"字。邱捷解释道："这是个别字，老罗把'要言不烦'错写成'要言不繁'了。"

他顿了顿，神色黯然："其实，字童是没有资格主动给别人指出错误的，必须写字者自己发现，我们才把没用了的错别字收集回来。但……老罗是个负责、用心的好老师。他一心扑在教学上，申请书是连夜赶的，我真心希望他的努力都能有回报。你知不知道，在学校里，他这个年纪的都评上名师了，就剩他一个啦。新老师又在源源不断地进来……你懂吧？"

我听着，心里很不是滋味，老罗那么辛苦，有一半原因大概在我吧。

"被我主动指正的错别字，往往会赖着主人不走。就像人一样，挺厚脸皮的，我只好跟老罗过来，把它劝回来。"邱捷又恢复了调皮的神情，"你是看不到的啦。老罗早上把这个字修正后，这个'繁'字就一直贴在他背上，赖着不走。"

说着，他摊开手心："瞧，都是刚刚被这个'繁'字戳的。"

"真的啊……"我看到邱捷的手心红红的，难怪他刚刚抓得那么起劲。

"我最喜欢全包围结构的字，有框包着，在手上动来动去也不疼。最讨厌带竖弯钩、横折钩，还有三点水、四点水的，一个扎手，一个容易散，收集起来最费事了。"

我像听童话故事般听他绘声绘色地讲着。

邱捷又对我露出标志性的歪头一笑："谢晖，答应我的，要保密啊。"

六

这大概是我一辈子都不可能遇到的奇闻吧。

直到很久以后，我还在怀疑邱捷的出现就是我的一个梦。梦醒了，只是感觉过于真实，于是以假乱真。可是那作业本上的答案，被他发现的错别字，又都有迹可循，真实和虚幻，常常令我无从分辨。

就像我每次回忆青春，总觉得好多事情明明都变得模糊，却又那么难忘。

我不停地问邱捷各种问题："你平常收集错别字都要跑来跑去吗？"

"不用啊，只要你写错并改正，错别字就会自己到我这儿。除非像老罗那样，被我主动指出。"

"重复的错别字算一个吗？"

"你问到关键了，算多个的，同样的错误每天有好多人重复好多次。我这儿最多的错字就是'贰'字多一撇，最多的别字是人们把'妨碍'写成了'防碍'……"

"还有别的字童吗？"

"有很多……我们分管不同的片区。我负责收集十字中学和周围 1 公里内的错别字。"

"怎么才能当字童？我能吗？"

正好秦丽丽来收作业，邱捷不出声了。我吐吐舌头，立刻闭嘴。接下去几天，我总在邱捷收集错别字的时候睁大了眼睛，看各式各样的错别字一个个掉进黑色的本子，像雪花一样渐渐落入泥土。我也负责帮邱捷把风，不让他的举动被旁人发现。

就在我们变得越来越默契的时候，一件事，让我们的关系发生了转折。

那天晚上，我把邱捷叫到家里，从抽屉拿出一个蓝色文件夹，摆在他面前。

邱捷狐疑地看看我，我笑道："……这是我爸的一个工作材料，很重要。这两天他让我和我妈一起帮着检查……我就想到了你。"

其实，很多同学不知道，我虽然在学校成绩不好，但爸爸在外头却是个小有地位的公职人员。他常常在家里加班到深夜，只为赶制一篇篇令人看了眼花的文字材料。有时候他来不及，需要妈妈帮着一起看看，检查检查有没有基本的文字错误和语病，照他的话说，"旁观者清嘛！"

我虽然对这些事情唯恐避之不及，但看到爸妈房间的灯总是亮到深夜，也难免心疼。

我在凳子上正襟危坐，充满期待地望着邱捷。

邱捷坐了几秒，薄薄的嘴唇抿得很紧："……我跟你说过，我不能主动给人挑错的吧。"

我尴尬地挠挠头："……是说过啦。我是想正好今天我爸也在家，你要是挑出了错字，收集起来也还挺方便的……"

我还没说完，邱捷就噌地起身，头也不回地说："我走了。"

他急转直下的态度让我瞬间回不过神。很快，传来了关门的声音。

我急急忙忙跑出去，邱捷连路灯都没开，就"哒哒哒"地消失于黑暗中。

当我赶下楼，早已看不到他的身影。

七

就是这件事以后，邱捷像变了个人，一句话都不愿和我说了。

我不是没有退让过，几次主动示好，他都无动于衷。

我委屈极了。我到底做错了什么？而且，他那天最终也没有帮我爸爸的忙啊。有什么误会，说清楚不好吗？

生闷气的间隙，一个疯狂的念头像是蓄谋已久的病毒，突然出现并顷刻遍布我的大脑……

我几乎没有犹豫地，从作文本上撕下一页纸，开始在上面疯狂书写。

你没猜错——

我把"苍茫"写成"沧茫"，"捆扎"写成"捆轧"，"恶贯满盈"写成"恶灌满盈"……我一边翻词典，一边发挥想象力，把正确的字替换成谐音字，把常见的字多加几个笔画，让笔尖像一根不断喷涌污水的管子，满纸涂抹着令人哭笑不得的错误，却那样不亦乐乎。

抄完正反两页，我写得手酸了才终于停手。我得意地想，这一百多个字，我可故意挑带着弯钩和三点水的字写的呢……

我雀跃着把纸揉团，又故意把作业本合得很响，对一旁的邱捷示威。邱捷却像一头安静的小鹿，始终对我不闻不问。时间久了，我感到格外沮丧。

我们的僵局就这样维持了一个礼拜。

周五傍晚，我正要走，邱捷的声音从背后传来："谢晖。"

我像是卸下一个包袱似的松了一口气，故作镇定地回头，又看到了邱捷歪头微笑的表情："谢晖，我向你道歉。其实我那天就该告诉你，你爸爸的材料里一个错别字都没有。我没感应到，是全对的。"

我不禁又瞪大了眼睛："那你……"

"作为赔礼，我们周末再去一次游乐场，好不好？"

八

我这才觉得，我和邱捷看似成为关系越来越亲密的朋友，其实，我还很不了解他。

至少，有些事可能会触碰他的底线，我却浑然不知。

我不敢再擅作主张对他的"超能力"有所觊觎，也不敢再多问他生气的缘由和真正的想法。只把他当作和我一样的普通人，尽快把这次矛盾抛之脑后。

周末的游乐场，依旧人声鼎沸。

年少的我们多么幸福啊。跟着邱捷东跑西窜的时候，我心中的疑惑渐渐被淡忘了，心情和天空一样透亮。似乎再长的冷战，也可以在瞬间烟消云散。

"高空划艇"从顶点往下落的时候，邱捷的手仍紧紧抓着我。

"还说不怕了呢！"我一下来就打趣。

邱捷喘着气笑道："我是怕你飞出去啊！"

我们俩一起大笑起来。

那天的阳光分外耀眼，水珠无限透明，邱捷陪我把游乐场里几乎所有的项目都玩了一遍，我都担心邱捷快要玩得身无分文了。直到我累得走不动了，他还说要把橡皮艇划完。

"不行了不行了。"我摆摆手，"以后再来吧，今天玩不动了。"

邱捷在我身边坐下来："谢晖，想玩一定要抓紧啊，以后不一定有机会呢。"

"怎么会呢。"我没明白邱捷的意思，"想来了随时来啊，下次我请你！"

"我要走啦。"邱捷快速地眨眼，歪头笑笑，"本子上错别字集满了，得换本子了。"

我不知道这句话意味着什么，但听他的语气，似乎不是随便说说。我没有接话，等着他继续解释下去，身上的水渍正在逐渐变冷，让人仿佛淋在雨中。

耳边忽然传来邱捷的大笑："骗你的啦！这本子能集一万个错别字，离集满还早着呢！"

我像紧绷的弦忽然断掉，身体疲软下去。我用力地白了他一眼："你别乱开这种玩笑好不好！"但下意识地，我忍不住跟了一句："你如果真的要走了，至少要第一个跟我说吧！"

我不知道他有没有听懂我话里的挽留。

"嗯，你放心。"邱捷轻松地说，"我也舍不得你啊。"

暖融融的阳光下，我感动地望着邱捷，并不知道，这是个将伴我一生的谎言。

九

我们还是照常上课。

一切看起来都很正常，还是那样时而阴雨时而明媚的早晨，还是那样叫人昏昏欲睡的朗读声。

邱捷还是每天按时来学校，坐到我身边的时候，他偶尔还会无端地朝我笑笑，也不知道他心里在想什么。

直到他请假没来的那一天，我掀开课桌，看到了邱捷那形影不离的黑色小方本，安安静静地躺在我的桌肚里。

一股不祥的直觉瞬间将我罩住，我感到身上涌出了一层寒气，肺叶就像被用力拧干的抹布，皱巴巴的，喘不上气。

我颤颤巍巍地把小方本拿出来，第一次感觉到它那难以描述的重量。我跑到无人的角落，轻轻翻开。

黑色的纸页上，窜来游去的错别字像获得感应般慢慢汇聚、排列，组成了一封我能读懂的信——

谢晖：

等你拿到这个本子的时候，我们应该不会再见了。

那天我说离一万字还很早，其实，就只剩下二十多个字了。

你问过，怎样才能当上字童？我没告诉你，像我这样身体先天有缺陷的，才会成为字童。一出生，我就患有心脏瓣膜缺失。天天在医院躺着，忽然有一天，我梦见好多奇怪的画面，醒来就明白，我是字童了。

梦里有人跟我说，我们和人间的错别字一样，都是难免的、无用的错误。

成为字童，就可以换来暂时健康的身体，但一万字是我生命的上限。除了收集错别字，也不能主动写字，写下的每一个字都会算进一万个里面。因此我骗了你，要你替我写作业。当许许多多错别字向我飞来，我就感觉死神的爪牙正一点点朝我逼近。所以我才说，没有义务给别人挑错，不过是想拖延自己的生命罢了。那天你要我为你爸爸检查材料，我想起所剩不多的时日，害怕从中挑出好多错别字，心里绝望才发了脾气。

但我慢慢想通了，生命终会消逝，我又何必对注定了的事生气，不抓紧好好活着呢？

所以，我要向你道歉。游乐场里玩"高空滑艇"，我仍会下意识地捂紧心脏，生怕犯病，生怕扫了你的兴致。不过听到你的笑，我就觉得没有辜负这段友谊和短短的人生——

我会记得这感觉，能完整地经历一遍，很满足了。

为了这封信，我在一万个字里挑了好久，但不是什么字都有，所以把最后的二十个字写来用掉了。这是我第一次主动写字呢，但珍贵的东西，就该留给最好的朋友，不是吗？

对了，你抽屉里写给秦丽丽的情书，有两个错别字。我怕你害羞，一直没告诉你。

谢谢你陪我走过。活着真好。

我把信读了一遍又一遍，直到白色的字体像离散的鱼群，慢慢变淡、变细、消失。

再翻，整个本子只剩下了纯黑的纸张，像一个方形的黑洞。

我开始大口呼吸，有液体不断滴落在手背上。

我连跑带撞地冲进教室，扑到垃圾桶边拼命翻找。

空空如也。

我想起那张用来报复邱捷的作文纸，我想大喊：邱捷，我犯错了！我曾用那一百多个字偷走了你一部分的生命！

这时老罗进来，他似乎完全不知道发生了什么："邱捷同学因为户口问题，又转学去其他学校了……"

我扶着垃圾桶，号啕大哭。大家全部围拢过来。我却在泪眼蒙眬中，看见邱捷慢慢走远，对我歪头一笑的模样。

十

大家都说,那场莫名其妙的大哭后,我整个人都不一样了。

变得沉默、上进,排名屡创新高,成为优等生之一。

他们问,谢晖,你到底怎么啦?是谁给你点了穴、醒了神?

有一回老罗开玩笑:"早知道就早给你换位子了。邱捷一走,你就转性了!"

我的视线,瞬间大雾迷茫。

奇迹被我一点点积攒着发生了。中考,我超越秦丽丽,拿到年级第二,进入本市最好的高中。

又三年,不出意料地,考进全国前十的大学,然后保研。

就在所有人以为我将在大城市扎根的时候,我却突然决定,要回到自己的初中母校,做一个普普通通的语文教师。

等待入职的日子,我一个人出门,去游乐场,去老罗家的楼下,去以前上过课的教室……没有人知道我在那里有过怎样的回忆。

开学上岗那天,老罗已临近退休。他邀请我到宿舍小坐,我和他回顾过往,感慨连连。

老罗问我:"为什么回来?"

我简单地答:"为一个人。"

"秦丽丽?别以为当年我看不出来……可你这学历,不遗憾吗?"

我愣了愣，笑着摇了摇头。

从老罗宿舍出来，熟悉的景致让我不禁慢下了脚步。

我闭上眼睛，想起那些微风熏人的早晨，那些叫人昏昏欲睡的朗读声，一切，就像梦一样。就在这时，我感到脸颊上渗出一丝冰凉，我睁开眼，发现天气故意和我作对似的，竟突然开始飘起小雨。

雨点细密，不出几分钟就会把人从头到脚都打湿。我举起公文包挡头，想快点回到办公室。跑着跑着，一个稚嫩的声音在我身后喊："老师！老师！"

无人的小路上，一个个头小小的男孩孤零零地跑上来，手里举一个黑色的小方本："老师，这是刚刚从你衣服里掉出来的。"

我连忙接过，细心地擦拭，嘴里不停说："谢谢！谢谢！"

我定睛看着眼前的男学生，脸上的笑渐渐僵住了，很快被一阵巨大的眩晕击中：他有着白白的皮肤，瘦瘦的身板，扁扁的鼻子下长着一溜细唇，笑容里神奇地将成熟与俏皮这两种不相称的东西融合在一起……

男孩抽回手，很快朝着越来越密的雨雾深处跑去。

我几乎是跟跄地边追边喊："哎，你……"

小男孩停住脚步，回身，对我歪头一笑。

余声不回

Part 2

余生不归

好像这轰轰烈烈的人生转折，不是高速公路上的弯道超车般惊心动魄，而只是白纸对折般无声无息，留下的不过是一道浅浅的青春折痕。

直到秘密发芽

一

在那段压抑又敏感的日子里，我和简慧都默契地绝口不提成绩的事儿。虽然每天清早打开家门，我们两家人笑脸相对时，简慧的妈妈总会说一句："简慧，你要多学习姚远，成绩要快点跟上去啊！"简慧就安静地点点头，在我妈笑呵呵的谦虚声里，我们一起下楼。

那时候路边的早餐车还没被取缔，我和简慧的早餐总买一样且每天重复着：一个茶叶蛋，一个生煎，一个肉包，再有一瓶牛奶。听起来挺多的，但简慧这个大胃婆总能在最短的时间里快速吃完，常常让我怀疑她在家里一直吃不饱饭。简慧的书包有侧袋，有时候我会把牛奶放在她的书包里。有几次我忘了拿，早自习下了，简慧还会送过来给我。我们每天就这样一边把食物往嘴里塞，一边朝学校赶。那时的清晨，一路飘满牛奶与肉包混合的香气。

高一班主任是个秃了顶的中年男人，姓徐，教我们英语。简慧英语烂得要命，私下里吐槽老师吐槽得不亦乐乎，不失为一种宣泄。

课上，徐老师特别爱提问简慧，简慧的回应也很简单——沉默。不像有些男生，就算不知道，也会信口来几句，弄得大家哈哈大笑。简慧无趣的性格让她渐渐游走到班级边缘。

直到那天，简慧突然改变了对徐老师的看法，也就是我们找到秘密洞穴的一个月之后。

二

找到秘密洞穴的那天，简慧还在说着徐老师的坏话。课间散步的时候，我们俩在草地上发现了掩映在细草乱叶下的小圆坑。

我很快得到了答案："这是以前装过自来水管的地方，埋过管道的。"

简慧正儿八经地从口袋里掏出一张纸，揉成一团，往里面塞了进去。

"我来许个愿。以后，这就是我的专属秘密基地了。"

"千万别许愿。"我坏笑了一下，"这个洞跟 water 有关，小心变成你的 waterloo（滑铁卢）。"面对简慧的不解，我得意道："徐老师上课刚说的，meet waterloo——遭遇滑铁卢——人生大失败的意思。"

简慧白了我一眼："姚远我问你，徐老师的课你是不是真的每个字都听？你知不知道听多了他的话，迟早你也变秃子。"我当然懒得反驳。直到进教室我才反应过来："简慧你刚才许的就是这个愿吧？！"那时的简慧笑得格外开心。

简慧的笑是徐老师最头疼的声音了。她上课不声不响，下课生龙活虎，让徐老师好不郁闷。

秘密洞穴成了我们俩的秘密。

那段日子，除了我和简慧在课间走老长一段路去草坪上散心，其他人都在课间赶做当天的作业。隔几天，简慧就煞有介事地往那里面塞一个纸团。

"今天许的愿是徐老师以后少刁难我……其实，多或少也无所谓了，我都习惯了。"

"你果然是你妈说的，老油条。"

"姚远，你实话告诉我，我妈当着我的面夸你的时候，你心里是不是特别爽？"

"呃……"我一时语塞，思索良久，重重地点了下头。

简慧戏精上身似的"哇哇"叫了几声，朝我的脑袋不轻不重地推了一把，捏着纸团说："我下次许愿，就祝你考个倒数。"

三

简慧还没来得及把这个愿望投进洞穴，徐老师就来家访了。

简慧倒比任何人都淡定。徐老师和简慧妈聊天的时候，她还跑到我的房间问罪："为什么徐老师光去我家，不来你家？"简慧拉起我就走："一起逃吧，我可不想再待下去。"

我们去了久违的解放路，春末的小路上飘着零碎的树影，和记忆中相仿，却又全不似旧时的模样。我和简慧读小学的时候，每天一起走这条路上下学，现在隔壁医院扩建，小路的一半都被纳入院里面了。远远看去，路灯光背后巨大的阴影下面，是一车废弃的盐水瓶。

"我妈说要我以后当医生，这样家里人有个头疼脑热就方便了……她真是敢想呢，做医生成绩得多好啊……"简慧努努嘴，"再说，我怕……"我们一起抬头，远远看到输液厅的窗户里映出密密麻麻的吊瓶。我好像忽然拥有了一双透视之眼，隔着好远都能看到那针管里缓慢落下的点滴，如何透过静脉，缓慢又一刻不停地和生命融为一体。像青春一样，缓慢地织就片段人生，又一刻不停地流逝。

我被突如其来的悲观情绪笼罩，一时无言。我转头看简慧，只见她眼中有复杂而冷静的光芒闪烁。"走吧。"她有些失落地叫了我一声。

简慧请我吃羊肉串，我们俩吃得正欢，听到徐老师的声音传过来："简慧，简慧！"简慧低声嘟囔了句："糟糕，怎么让他找着了！"

简慧把剩下的几串肉给我，自己跑到徐老师那儿。过了一阵，我抬眼看去，简慧竟然坐上了徐老师的自行车，朝家里去了。我看到简慧在抹眼睛。我不知道徐老师和她聊了些什么，震惊之余，也只好赶快起身。路上，我把简慧给我的烤肉硬撑着吃完了。

肉冷下来，终归有点腥。

四

简慧的话变少了。

我暗暗觉得徐老师的家访起了效果，要不然简慧也不会一下子变得好学起来。

那天，我又把牛奶落在简慧的书包里，简慧却没有给我送来。我去拿的时候，发现简慧竟趁着课间做作业，真让我跌破眼镜。后来的课间，简慧也不再刻意走一段路去找秘密洞穴了，而是随身带了一个小玻璃瓶，把小纸团都投在里面。我假装嘲笑她，但她还是坚持把瓶子挂在她的书包拉链上。

徐老师问我们面对即将到来的月考有没有信心，大家故意喊："没——有——"

徐老师有点尴尬地自圆其说："没有啊，没有最好，这说明大家已经到了练功的最高境界了……"

简慧就是这次考试出的事。

成绩下来，简慧的名次像装了弹簧一样一跃而上，在年级里前进了近两百名。好事男生刘悦传出消息，说简慧这次考试作了弊，证据确凿。

刘悦举着一张纸片四处飞奔，声称是简慧考试时候用的利器。他还说简慧考完试用橡皮拼命擦桌子，明显是在毁灭证据嘛。

简慧在抢夺纸片的时候跟刘悦打了起来。一个女生公然在走廊上和男生动手，还把男生打趴下了，简直闻所未闻。徐老师把他俩叫出去的时候，我正顾着订正试卷，没有回头。

因为这次，我考得很糟。比简慧的排名好不了多少——那不就是很差吗？

那节课后，我心情黯然地走在外面，路过秘密洞穴的时候，想起简慧曾经开玩笑说过的话："祝你考个倒数。"这像一句咒语，应验了我的失败。我在没人注意的时候，朝那个洞穴狠狠踩了几脚。

我似乎有些相信刘悦的判断了。

五

下早修的时候，简慧把牛奶给我送过来。这一次，我没有接。我拿捏了一下情绪，毫不掩饰地问道："你这次是真的考得很好啊……"咬字重音模糊，可以理解成赞美，也可以说是暗讽。

简慧一下子听明白了。她连眼皮都没有抬一下，淡淡地说："你也不相信我吧？"她冷冰冰的语气让我顷刻泄了气，只有递过来的牛奶还腾着暖意。她说："我拆了家里的热水袋保温套子，牛奶放里面，不会冷。快喝吧。"

这句话，让我心里顿时充满愧疚。

考后照例要表彰。简慧因为进步突出，上台发表了 3 分钟的学习心得，她念着发言稿，没有抬头。我发现她走下台的时候眼睛红红的，拳头握得有些紧，像是下定了某种决心，又像是经受了一场煎熬。

接下去的日子，我和简慧依然绝口不提成绩的事儿。简慧变得异常上进，有时候一起走在路上，她会突然说："徐老师头发掉光，是因为太辛苦了吧。"

简慧在高一的最后一段时间，成了徐老师的得力助手。不知道她用了什么法子，成了英语课代表。收交作业勤快麻利，课后作业抄上黑板，像模像样的。

直到某一天，她说："徐老师今天的英语课调到下午了，他母亲去世，不能来。"

简慧说完走下去的时候，又在抹眼睛。印象里，和她坐着徐老师的车回家的一幕很相像。

六

暑假开始的时候，我们回校去交文理志愿表。简慧的关子卖得比天还大，就是不肯告诉我她选了什么。到校的时候，她带我去看望我们的秘密洞穴。

秘密洞穴依然如故，只是草色更加茂盛，不仔细找的话都快看不到了。

简慧伸手进去，掏出了她的小玻璃瓶。我不知道她是什么时候把这小玩意儿藏在里面的，但可以看到瓶子里已塞满了小纸团。

简慧说："告诉你一个秘密。"说着，她拿出一个纸团，念道："刘悦没说错，我是作弊了。桌上抄的是公式，那张小纸片是夹在笔袋里偷偷看的……"

我平静地看着简慧，简慧说，那天徐老师会在医院旁发现我们，就是他在家访结束后，看完他病重的母亲，刚从医院出来。徐老师快没妈妈了，可还牵挂着她的学习。是他那灯光下疲惫、苍老的容颜，触动了简慧的心。

徐老师那天跟简慧说的话，没有鼓励，没有批评，只是把他母亲对他说的话转述给了她。我问简慧是什么，简慧死也不说，但她开始理解，她妈每天出门时千篇一律的叮嘱。

简慧想好起来的时候，连我也怀疑她。她选择让自己相信，她说给自己的话是，只要这次考好，我就保持。虽然裹着并不光彩的谎言，但梦醒之前，她还是乐于骗骗自己。或者说，用这样的方式激励自己，激发自己。就是这样一个巨大的谎言，反倒真的让蒙在鼓里的徐老师倍感欣慰。简慧说："你现在知道我选了什么吧。"

我点点头，简慧一定选了文科。徐老师会接任文科班班主任。"……以后呢？"我问简慧。

简慧把瓶子塞进秘密洞穴。

夏季丰沛的雨水会浇灌它，身边旺盛的草叶会催促它。简慧说："我的小秘密都在这里。等我再来的时候，希望洞里长出一朵花。别人看不见没关系，只要我能看见它是美的，那就好。"

雨雾迷藏

一

林简一言不发站在那儿的样子像是哭了。但我不确定从他脸上流下来的是泪，还是雨水。

身边的良景也一定分辨不出吧。刚抬手抹去脸上的水珠，零星的雨滴就转瞬变为倾盆之势，把我们浇了个遍。

迷蒙的大雨里，我眯眼看着仿佛一尊石雕的良景，再看看一脸怒气的林简，觉得我们三个简直要变成学校里最大的笑话了。

要在以前，怎么会发生这种事呢？以前，我和良景跟着林简，像两个小喽啰跟着老大，到哪都是一股狐假虎威的样子——谁让林简是年级前十呢！他是那种只要用一点点功，就能考得很好的"讨厌的"人。但相信我，对林简，你是讨厌不起来的——那段日子，他总能神通广大地带我们发现一个又一个神奇的地方。比如，凭校园卡就能进去免费看书、看电影的"陋室书屋"；一个聚集着各色"喵星人"的居民区一角；还有通往环河边上那座高高的装饰性建筑屋顶的走道……

做这些事的时候，我们都没想过，良景家会一夜突变。

良景跟我们坦白时，手头正有一个任务等待执行：妈妈以良景的名义，给爸爸写了一封信，要良景抄一遍，亲自去送给爸爸。

"……一定是我成绩不够好，不够听话，你才决定离开这个家。早知这样，我一定不考倒数……"

我和林简坐在"陋室书屋"里一字一字往下看，良景一字一字往下抄。他时不时抬头："这几年，我好差劲啊……"

"这是你妈妈挽救你们家的方式而已，你别想多了，其实……"良景的眼泪砸到纸上，发出脆脆的声音，我和林简识相地都不说话了。

二

良景的信交给了爸爸，但他还是选择离开。有些事情真不是我们小孩可以决定的。

老徐要我和林简多陪陪良景。我问林简："你都把这事儿告诉你舅舅啦？"

"不然呢？他做班主任这么多年，肯定比我们有经验。"

"良景知道了会生气吧。"

"生什么气啊，我是为他好。"

晚饭的时候，林简把我和良景邀到"陋室书屋"，点了三份简餐。说是简餐，对天天吃食堂的我们来说，也无比丰盛。

"土豪啊。"我斜眼看着林简，手已经开动。

"今天不仅要吃好，还要玩好。"林简笑嘻嘻道，"等会去上面看《玛丽和马克思》啊，我特地点播的，一部特别有意思的黏土动画，看了绝对不亏。"

"这里还能点播？"

"那可不吗……"

我和林简说相声似的你来我往，良景却一直沉默。末了，他闷头闷脑地来了句："我不看，我吃完就走，要回去自习。"良景的话让我和林简的热情从 100℃ 直降冰点。

我们三个走在回去的路上，一声不吭。良景突然站住了："以后你俩别老是来找我了，我必须好好学习了。"

我跟林简被这当头一棒打得有点懵。

"良景，还想着你妈的那些话呢？跟你说了，其实你妈就那么一写，没什么大不了的……"林简故作轻松地上前勾住良景的脖子，被良景推开。

"妈妈写得不对吗？难道我没考倒数？没让家里伤过心吗？"

林简尴尬地笑着："那你也不能封闭自己，一个劲儿做书呆子啊……"

"我不像你，林简，一学就通。"良景声音冷冷的，"我跟你们在一起浪费了太多时间，不能再这样了。"

良景说完就走。最后这句如夜空霹雳，把我和林简震傻了。

三

两天后的课间，林简把我叫到走廊上，手里提着一个印有某某书店字样的袋子，在我耳边嘀咕。商定后，我把趴在桌上学习的良景叫了出来。

"有个事情要宣布。"林简大手一挥，"当当当当！看这个！"

"是这样的，良景，"我按商量好的解释道，"你想好好学习对不对？我们三个以后不出去玩了。林简成绩好，他来帮我们。这套模拟卷呢，是林简去书店里千挑万选买来的，我们一人一本，你明白我的意思吧？"

良景愣了许久，终于答道："林简，我知道你好心，但我也知道你贪玩。我很笨的，我老是学不会的话你肯定会没耐心的。与其把我们的时间都浪费掉，还不如我自力更生呢。"

温良恭顺的良景会如此无情，让我感到不可思议。林简冲上前堵他："良景，你是不是觉得，以前成绩不好都是跟我们一起玩导致的？都是我害你的？"

"我可没那么说。"

林简闭紧了嘴唇，脸色渐渐苍白。目送良景走回位子的间隙，他把三本模拟卷唰唰唰装回了袋子，一阵风似的走了。

我在原地愣了一会儿，忽然反应过来，对着林简的背影喊："哎！他不要我要啊……"

四

我们三个开始互相不说话了。

一天中午，林简却突然把我拉到角落，要我打听，下次月考，良景的目标名次是多少。

"打听这干吗？"我问，"他说了不要你帮忙，你就省省吧。"

"我就是好奇。"林简眼神扑闪扑闪。

"好奇什么，考出来不就知道了。"

"少废话！你去不去啊！"林简声音一大我就没辙了。

成绩平平无奇的我，打听消息的本事还可以。没多久，我就回复林简："他想进班级前20，然后再15，10……这样来。"

林简"呵呵"了一声:"口气不小啊!"

看林简坏笑,我小声说:"良景说话虽然不好听,但你不能对他使坏啊……"

林简白了我一眼,大步而去。

新一轮月考的榜单被老徐贴在了教室后面。刚贴完,林简就被叫出去了。我隔着人群费劲地看,心里忍不住惊呼——良景真考到18名了!他本来都是在40名左右的啊!

惊奇的不止这个——我扶住自己快掉落的下巴,再次确认:林简竟然跌到了班级30名……我瞪大眼睛,用一个深呼吸的时间明白过来,林简当初要我打听良景目标名次的缘由了——他神经病吧?

五

第二天,去做课间操的路上,林简拉着我把良景给拦下。林简脸上还是那股坏笑,好像月考考败了对他而言是一次胜利。

"怎么样良景,你目标实现了。这次比我好这么多,我们该和好了吧?"

良景的话,倒像忍了很久才说出口的:"林简,你太无聊了。"

林简扳住良景的肩膀:"能不能别这样,你为什么要这样对我们？"

"你又为什么要这样对我？"良景平心静气地回身，"我压根没想和你比。再说，好像你不故意考差，我就考不过你似的。少瞧不起人了。"

我看到林简的脸红了又白了，像个红白相间的荔枝。下一秒，就看到林简给了良景一拳，嘴里喊："你这个混蛋！"

小打小闹很快变成了群体围观。我还像平常那样愣愣地看着，没制止，也没惊叫。老徐赶过来的时候，一声怒吼，才让我回过了神："忘了我昨天才训过你吗！"

我们三个不用做操了，被罚站在教学楼中央的广场。课间操结束，路过的同学像观看动物表演似的，一路对我们指指点点。我小心翼翼地转头，只见良景一脸麻木，反而是林简眼中始终光芒闪烁。

我低下头，融入这片无言。

直到大雨降临，把我们的轮廓彻底淹没……

六

从这以后，林简真的打算不理良景了。走廊上碰见，他连我也不睬。

后来有一天，我看到林简从老徐办公室里怒气冲冲地出来，朝另一个方向走，身后还追出一个中年妇女，一路尾随，老徐也一脸复杂地跟在他们两个人后面，步履匆匆。看上去，似乎发生了什么棘手的事情。这时，我听到林简的声音从走廊另一头远远地传来："……也就等我出事了，你才会回来……"

我惊讶地盯着林简的背影，回头，发现良景竟不声不响站在我身后。

他看着我的眼睛，轻轻问："……他怎么了？"

我摇摇头。

我们三个人的僵局，就这样纹丝不动地维持到了高考结束。

动荡不安的六月，成绩出来了，良景和林简都考上了重点大学。在学校第一时间贴出的高考喜报上，他们俩的名字挨得很近，但看过去，又感觉隔了好远。

我没听到良景开心的笑，也没接到林简的半句关心。好像这轰轰烈烈的人生转折，不是高速公路上的弯道超车般惊心动魄，而只是白纸对折般无声无息，留下的不过是一道浅浅的青春折痕。

考出好成绩的同学开始挨个请客。良景家里摆宴席的时候，林简没来，老徐来了。老徐喝多了，才慢悠悠道："……林简妈常年出差在外，要我这个舅舅多照顾……简简有段时间老给我捣乱，拿我的教师卡，去学校的附属书店乱刷，花了我好多钱，花钱也就算了，主要是怕他心思涣散……后来果然考差了！但结果他说，这次是故意考差的！哪有这种事？你们说这是傻还是什么？后来他还跟同学打架，哦对，就是跟你嘛良景……快要高考了，我把他妈妈叫回来，想给他点压力。他今天其实想来的，但妈妈又要出国去，就跟着去送机了。母子俩也不容易，一年见面的次数一只手就能数过来……"

我放下筷子，沉默地看向良景。良景也定定地看我，一语不发。

七

整个夏天，我们打林简的手机，听到的都是忙音。

有人说他跟着妈妈一起出国旅行了，要等国内开学的时候才会回来；有人说他因为疫情防控，被隔离在定点区域，虽然行动受限，但受到了很好的保护；还有人说他仍旧留在国内，只不过去了一个连手机信号都不怎么强的乡下，所以暂时失联……

在我们有许多话想对他说的时候，他就这么消失了。短信不回，空间动态也像冰封了似的。良景说，这是林简在报复他呢。我笑着说："那也是你活该。"

林简的行踪成了一个谜。就像良景家里出事的时候，良景选择缩回自己的蜗牛壳一样，也许林简终于有时间面对自己家里的大事小事了，也选择了和我们玩捉迷藏，用自己习惯的方式远远躲开。

人或许都是这样无私又自私、善良而冰冷的动物。

直到九月开学，我和良景互相送行，也没见着他的影子。

我想，林简，你是真厉害，比谁都厉害。

大学生活根本没有想象中的那样五彩斑斓，除了比高中多了好多所谓的社团活动，照样要上课、作业、考试、排名。当你想把这些无聊和寂寞说给曾经的好朋友听，却发现连他的身影都找不见的时候，这种感觉才最寂寞。

后来有一天，我坐着校车去另一个校区上公共艺术课，在课上，老师突然宣布，今天放电影。听到电影名的我忽然愣了一下——这部电影正是多年前，我和良景错失的《玛丽和马克思》。

直到这一刻——在离我的高中校园几百公里的远方，我终于听到了里面那句迟到了快两年的经典名言：

"我们无权选择亲人，幸运的是，我们有权选择朋友。"

我坐在位子上，结结实实地难过了一下。

立刻低头，用手机给林简发了一句话：马克思同学，电影看完了，你在了吗？

八

我静静地盯着屏幕，像往常一样，没有任何回音。

而良景，在远方的学校里，要到什么时候才会看到这部电影，听到林简当初苦心准备的这句话呢？

我习惯性地熄灭手机，任由思绪再次飞回了那段渺小又不安的岁月里。

下课铃响起，人群鱼贯而出。等吃完饭出来，原本晴好的天气，居然开始飘雨，在那个没有排课、无所事事的午后，整个城市都陷入了这场突如其来的迷蒙雨雾里。

我没有带伞，小跑着追上了差点开走的公交车。

喧哗与潮气混杂的车厢里，我靠在窗玻璃上昏昏欲睡，眼前纹路交错的雨幕，好像又带我回到那个罚站在操场上，被倾盆大雨淹没的少年时代……

在报站声中频频惊醒的我，并没有想到，只要再过几个小时——短短的几个小时，我下了车，吃完饭，走完楼梯，在学生会开完每周的例会，洗完脸，刷完牙，躺上床，就会注意到那个出现在屏幕顶端的留言信息，看到这几个月里林简回复我的第一句话：

"我一直都在啊。"

余声

Part 3

少年何处

只剩空旷的余音远远地漾开，像年少的我们，再也没有回来。

时光与海都记得

一

再次走进项善的空间竟是六年后了。

这六年里，许晴读完本科，回到故乡，找到一份普通的工作。

工作一般，薪酬也平庸。因为这个，男友常常和她争吵。今天来参加同学会，许晴也没告诉他，说了反而会被奚落："混成这样，好意思去吗？"

他虽然不够好，却是许晴在小县城里得以"合理存在"的"护身符"。只有这样，才没有太多的亲朋好友不断地给她介绍对象。

就先这样拖着，她自己也不知道为什么。反正，就是不愿嫁人。

临出门的时候，男友追问起来："穿得这么费心，去见谁？"她才应付似的说："同学会。"不给他更多盘问的机会，落荒而逃。

她安静地坐在角落，沉默着吃菜，尽量不被人关注。

所以，项善来和她碰杯的时候，她才显得那么慌张。她惶惶地盯着眼前人，脑中闪过一些片段，又不知如何开口。只听对方说："许晴，好久不见。"

许晴支支吾吾："……是啊。"

记忆中的少年不见了，取而代之的是一张温暖的笑脸，还有一些与年龄不相称的沧桑。

"认不出我了吧。"

没等许晴说什么，几个男生跑过来起哄。项善跟大家闹了一阵，许晴偷偷红了脸。

坐回位子，她还在喃喃："是他啊……"

"就是呢，"有人附和，"主要他开船，天天吹海风，老得好快，对吧。"

许晴心里"咯噔"一下，很快对同学这样不加掩饰的评价感到一丝不悦。

聚会在9点半结束了。冬天的风从门外吹来，让许晴紧了紧围巾。毕业两年，好多同学都开了车过来，相形见绌的感觉更加见缝插针地朝心里钻。

许晴想等人影散去，独自赶末班公交。

项善的声音低低地飘来："你一个人吗？"

许晴有些诧异地回头："我……"

不给她拒绝的机会，项善就道："我送你回去吧。"

这六个字像漆黑房间里突然点亮的灯，让许晴感到一种被时光击中才有的眩晕。

许晴抬起头，一瞬间，好像又站回那条墙皮剥落的走廊。他们还是穿着校服的少年，看了彼此一眼，就义无反顾地掉头，朝不同的方向走去。

二

高二，项善转学进来没几天，小道消息就传开了，项善是靠一个非常有钱的亲戚才转来了一中。

许晴回头看，头发浓密的项善，脸浸在阴影里。

是个沉默的人啊。

许晴是小组长，却是最拖拉的那个。当组员的作业交了许多了，她还要一边翻别人的作业本，一边抱怨："为什么大家都用这个公式啊？"

正好被上来交本子的项善听见了，他指指那道题："没说物体做匀速运动，你就只能用动能定理。"

许晴抬头：肤色黝黑的项善，牙齿却很白，神色带点天真。但这都不及忽然瞥到的一幕让她心惊：项善伸过来的手腕上，露出了一截破破烂烂的内衣袖口。

许晴下意识地"嗯"了一声。悄悄转头，发现往回走的项善正把那截袖口往手臂里塞。

不知为什么，许晴有了一种犯罪的感觉。

再经过项善身边，她就会不由自主地多看他两眼。

但，终归是有距离的人。

直到那天，班长在讲台上说："订下学期报纸的钱，小组长课后收齐给我。"

一学期的订阅费用是26块，但大家都交30。多交的4块，来买报社出的单词册。讨巧的营销之道，大家都乐意省去找钱的麻烦，也就成了一个默认的规矩。

可许晴来到项善的位子时，项善却问："单词册可以不买吗？"

许晴愣了一下："……可以的。"她停顿了一会儿，"那我找你零钱。"

许晴走回位子，从自己钱包里掏出4枚一元硬币，来到项善身边："给。"

项善害羞地笑了一下，让许晴心里溢出某种欣慰和喜悦。

单词册发下来的时候，项善也收到了。他跑上来问许晴怎么回事，许晴打着哈哈："说不定是多给的，时不时就会数错，多了少了都正常。"

项善看看许晴，转身回去了。许晴的身体明显有些发烫。

那个周末，许晴收到一条验证信息，是项善加她好友。

许晴一阵雀跃。项善一直没加班级群，说是不常用。她大概是班里第一个加上他好友的人吧。成为好友后，许晴第一时间进了项善的空间。有个相册更新时间是上周，清一色的码头、大海。

项善很快发来信息："单词册，谢谢你。"

许晴不想让他纠结于此，很快转移话题，问起了那些照片。项善回复："在上海的芦苇码头拍的。"

"哎？"

"码头由我叔叔经营，我爸爸在那里帮工。能转学过来，也多亏叔叔。"

许晴发了一个笑脸的表情，很快跟一句："我还没见过大海呢，真想跟你去看看。"

没想到项善沉默了。

面对毫无起色的对话框，波纹状的哀伤在许晴心里漾开来。

他在婉拒吗？她也只是说说而已啊。

三

在接下来的日子里，他们好像又回到了最初的关系：若即若离，无关紧要。许晴无比沮丧，她不知道为什么。

校运会前期组织报名的时候，许晴拿着登记表向组员一个个问，到了项善这里，她冷冰冰地说了两个字："报吗？"项善摇摇头。许晴也不多说，顾自走掉了。

回到位子上，看项善还在写作业，许晴更加难过。她这么明显的生气，他都没感觉到吗？她撇了一下嘴，把不小心捏皱了的报名表用力压平。

一声发令枪响，把许晴的思绪拉回到塑胶跑道上。因为走神，交接的时候，接力棒从她手里掉了下去，等她捡起来，整个操场都目睹了她落后的身影。

她是 4×100 米接力赛的第三棒，第四棒就是项善。是体育委员硬把项善加到项目中的，因为接力赛人手不够，而项善的体格，一看就是能手。许晴是领到自己号码牌的时候才知道，原来自己和项善被排在了一个项目里，还是前后棒。

她发了疯似的跑，一股揣着炸药包要和敌人同归于尽的气势。当她离项善还有一段距离的时候，她就把手早早伸出去，项善这次很配合，也早早伸出了手等待迎接她。

这个短瞬定格的姿势，竟成了许晴心里一种难以名状的甜蜜。

接力棒被项善抽走了，她在项善起跑后的下一秒就跌倒在地上，手臂擦出了血。

很快就有人来扶她，送她去医务点。透过挤挤挨挨的人群，她的视线仍然粘在那个绕着操场冲刺的少年身上。欢呼声正在一波波涌起，她看到项善快速移动，将距离拉小了一段，最终反超了一名，挤进了前五。

许晴心想，自己不跌倒就好了，这样的话，项善还可能进前三，也许还能代表班级上去领奖呢——那代表着他们彼此合作的辉煌成果。

许晴在医疗点上药，被过氧化氢溶液刺激得酸痛不已，伤口不断溢出浓密的白色泡沫。

项善过来了，原来他看到她摔倒了，跑完后第一时间赶着来看望她，这让许晴有些意外。

项善问："没事吧？"

许晴笑了："没事的。"

她开始为自己那天没由来的怒火感到惭愧,她都在想些什么啊。

看来,跌倒也挺好的。

四

那个学期似乎过得很快,风中的玉兰短暂盛开又掉落,绿意点染枝头。暑假转眼到来了。

许晴照例被安排去了辅导班,却总是心不在焉。百般不愿地熬完,她的身体像被某种力量驱使着,和家里编了一个理由,二话不说买了一张去上海的火车票,只身走进大名鼎鼎的东方明珠。花了近三百块钱乘观光电梯到263米的高度,却因为天气不佳,想看的都没看见。

黄浦江畔的水泥森林反射出密集而坚硬的灰光,雾蒙蒙的天空下,许晴似乎能听见这座城市粗重的喘息声。她在想,高考以后,有机会来到这里吗?不论成绩好坏。

花了好大劲,她隔着厚厚的窗玻璃,拍了一张看上去还算清楚的照片,想了想,传给项善:"遗憾啊!难得登高,却没法一览众屋小。"

几分钟后,许晴的手机响了。她看了看屏幕,很意外地接起来:"项善?"

项善问她："你一个人来的吗？"

许晴答："是啊。"

"还……想不想看海啊？"许晴心里涌过一股热流，他其实都记得啊。

项善让许晴坐到指定的公车站，到了后出来接她。一路上，窗外的景色从繁华变成了荒凉，许晴忍不住感慨：只有荒凉的地方，才可能有大海存在。

抵达芦潮港时，她已经累得想席地而睡。项善骑了一辆电瓶车来接她。许晴看过去，觉得他一副小大人的模样，一点不像学校里那个内向的他，不禁笑了。还没聊几句，项善的手机震起来。许晴看到他脸色忽然变得焦急，挂掉电话就说："快上车，屋子里淹水了。"

许晴慌慌张张地坐上了项善的电瓶车，一路拐弯。道路两旁尽是荒地、废旧的厂房和隔一段路就立着的庞大吊机。因为下雨，车轮溅起褐色的泥点，让许晴好多次都想惊呼。但她抓着项善的肩，忍住了。

当她最终看到项善爸爸居住的小平屋时，她有点明白，项善手腕上那截袖口所代表的意思了。

是那种最简陋的小平屋，因为地势低，下了半天的阵雨，水就漫进了屋子。许晴跟着跑进去帮忙的时候，清楚地看见，被搁起来的纸箱子底部残留着一圈明显的灰褐色水渍。她刚想说："平时就该把箱子放高一点嘛。"却忽然发现，房间因为一张新搭起来的床而没了空余，箱子应该是因此才被搁置下来的。

她瞬间明白过来，这张床，是专门给她搭的吧，在她颠簸着乘车来的这段时间里。

许晴站在那里，一句话都说不出来。

五

"其实，我自己找个小旅馆就好了。"夜里，许晴躺在小平屋里，对着一板之隔的项善说，"不好意思啊，要不是我，你爸爸的衣服不会湿掉……"

"说什么呢。"项善敲了敲立在他们之间的三夹板，"我爸爸知道你给我买过单词册呢。"

"你怎么还记得，才几块钱而已。"

一说完，许晴就后悔了。只是"而已"的话，项善也不会不付了。

因为雨水浸润，屋子里弥漫着一股混杂了石灰气息的霉味儿。许晴翻来覆去，难以入眠。在尴尬的沉默中，项善忽然敲了敲木板："天气好多了，要不要出去？"

许晴看了看手机："凌晨1点哎，去哪里啊？"

"看海啊。"项善兴致勃勃地说，"雨后看海，你不会失望的。"

来到码头的时候，项善的爸爸正在码头负责调集入港的砂石船，砂石船往往凌晨到港，项善的爸爸总是彻夜工作，白天补眠，用西半球的作息完成着东半球的工作，活成了一只海边的猫头鹰。

路还是一样的泥泞，许晴跟着项善，深一脚浅一脚地前行。雨后的月亮像被洗净的梨，脆生生地挂在天上。来到码头的时候，许晴觉得自己的脚已经和泥水融为一体了。

期待许久的景色就这样意外地到来。在清亮的月辉下，一艘靠岸的船里正发出工人们作业的声响，那些劳作着的身影在明亮的夜灯下面，好像成了以夜幕为背景、以货船为舞台的布偶戏。许晴放眼望去，货船背后的海面宽阔无垠，静止在水面上耀武扬威的机械手臂，此刻像婴孩的小手，安静地垂在月光里。无风的水面是如此平静，大海就好像是这个世界含在嘴里的一口水，世界睡着了，海水也跟着在沉默的呼吸中平静了。

许晴深吸一口气："空气真是好啊。"

项善却给她泼了一桶冷水："其实可脏了。渣土车天天来运砂石，扬尘可大呢，全是颗粒物。"

许晴愣了一下，扑哧一声笑了。只听项善继续说："所以，看海还是晚上好。"

许晴问："你和你爸爸都在这儿，你妈妈呢？"

"她……"项善的声音轻了好多，顿了顿道，"她很早的时候，掉进水里淹死了。"

许晴刹那有点回不过神来，有什么东西从海里鱼跃而出，溅湿了她的心。

"……对不起啊。"

"没事，没事，"项善连声安慰她，"过去好久了。也因为这样，叔叔才把爸爸叫到这里来。他给我安排转学，让爸爸来这里帮衬，是想让我们好过一点。"

许晴不知该说什么了，她看着雨后洁净的天空，一片浩荡。却有那么一两片云，是无论如何也吹不散的。

"你坐过船吗？"项善问。

"坐过一次。"许晴回忆着。

"你以后想做什么？"不等许晴回答，项善就笑着自言自语起来，"我想好了，照我现在的成绩，加上叔叔的帮忙，最合适的，就是考进上海海事大学。"

项善的脸仍浸在阴影里。许晴却觉得，那张脸正在悄悄发光。

"我小时候听妈妈说过，她以前乘叔叔的船去海上玩，"项善说着，语气里透出一股温暖的怅惘，"我不知道是真还是假——她说，在地上看不到天上的星星，但等你到了海中央，一抬头，就会发现，哇，满天都是璀璨的星光！"

项善语气里含着一种海水般浩荡而潮湿的向往："说这句话的时候，我一点都不觉得她是在哄我，她一定去过海中央，看过那些星星。"

一边说，许晴一边跟着抬头。仿佛跟随项善的描述，天空里隐匿的星光就要破云而出，照彻大地。

"肯定是真的。"许晴有些激动地应和，"我信。"

项善回头看她。黑暗中，许晴觉得那束目光带着异样的灼热："我也信，所以，我想学开船。等那天到来，我一定要驶到海中央，去验证妈妈的话。我不知道妈妈说的是真是假，也不知道这一天到来还要多久，但时间一定会告诉我，我的理想是对的。"

"就是那里，"项善指指开阔的海面，有些激动地说，"要航行到最宽阔的海面上，去看见天上那颗最亮的星星。"

许晴跟着遥遥一指。短小的手臂什么都无法触及，却因为虚空里盛开的梦，顺着指尖的方向，也可以走到星光汇集的交点。

"你也不是平常看起来那样低调啊……"许晴轻轻地说，

"你好会讲。你已经成功说服我了。海中央，有一天，我也要去！"

许晴想，这也是一个约定，他一定会记得的。

"你等等，"项善从身边跑开，往黑暗里走去，"我教你个方法。"

许晴一个人趴在水泥栏杆上，感到一阵很轻柔的风扑面而来。她忽然有了流泪的冲动，不知是因为大海，还是因为那被虚拟出来的满天星光。这个暑假，她在辅导班里上课的时候，有多少次渴望被这样的星光和晚风包围啊。她感到一种近乎甜蜜的忧伤，想哭，却又觉得很幸福——她悄悄伸手，朝天上那冷玉般的月亮做出抓取的姿势。仿佛这样，就能抓到一手纯粹的月光。

项善很快从背后上来了，抓了几颗石头，二话不说，朝海面扔出去。

许晴不以为意地笑着说："我还以为是什么新奇的玩法呢。"

"不一样的。"项善一本正经地说着，"这些砂石，好多是从海底捞上来，碾磨，粉碎，做了沙子、石子，成为一些建筑材料，把这些来自大海的东西扔回大海，说不定会有好运。"

许晴愣愣地看了他一会儿，也跟着朝海面抛起石头。

她也不知道自己成功了几次，那些坠入黑暗的石头有多少荣归故里，又有多少搁浅在孤独的沙滩。

答案和今天的夜色一样，是个谜。

六

第二天一早，许晴被耀眼的阳光叫醒了。

因为昨天漫水，隔壁一片屋子的人都在开门通风，小小的院落出奇地热闹。

项善的爸爸凌晨 5 点才回屋睡觉，此刻他仍在小憩。许晴帮着项善把箱子里受潮的衣物都用水过了一遍，整整齐齐码在晾衣架上。看耀眼的阳光平整地覆盖着飘动的衣衫，许晴心里格外温柔。

愿望达成了，许晴准备撤离。她只和项善说了一声，不让他去吵醒正在熟睡的爸爸。背着书包急匆匆往外走，项善却在后面喊："我送你回去吧！"

许晴回了一下头，想说"不必了！"项善已经趿拉着一双土里土气的拖鞋，赶到了她身边，"你以为自己回得去？忘了昨天那条路啦？"

许晴看着项善的打扮，忍不住笑了，暗暗佩服项善的细心。

泥路依旧不堪，要徒步过去，鞋就算废了。只见项善在她面前一蹲，说："上来吧。"

许晴的脸一下红了，急忙说："要不换条路吧。我还拿着东西，挺沉的。"

"能有多沉？"项善露着干净的牙齿，"再说，哪还有别的路。"

许晴想了想，最终小心翼翼地靠到了项善的背上。双手把他的脖子环紧，双腿抬高。当项善的双脚"哼哒"一声没入泥水的时候，许晴的身上跟着皱起一层疙瘩——好脏的水啊。她不知不觉把项善抓得更紧，身上笼罩着一层滚烫的幸福。

七

开学以后，学习的节奏一下子快了起来。

许晴还没来得及适应这份节奏，也还没来得及把暑假的码头记忆细细回味，一个冰球瞬间打乱了她的生活。

高三开学刚过去一个多月，班里突然传出消息，说项善要去参加一所排名全国前十的著名大学的自主招生。

消息十分突然，也真假难辨。但无论如何，对苦苦挣扎在"刀山火海"里的人而言，听到这些总是难免嫉妒，甚至有更难听的话出现，说项善从转学过来的那天起，就没有一次不走后门，在看似沉默的表象下，多的是成人世界的各番运作。

许晴讨厌极了这些闲言碎语。虽然她下意识地感觉到，这可能和项善口里提到过的叔叔不无关系，但她现在关注的并不是项善为什么突然有了自主招生的资格，她更在乎的是，项善会不会主动来和她解释这一切。

他的目标不是上海海事大学吗？他说过，要开着船到海中央，见证那星光。

他肯定不会忘记的。

这些风言风语，是子虚乌有，还是确有其事？这中间又发生了什么，他又将作出何种选择？

许晴想起自己当初的自作多情，这次学乖了。她知道，项善当然没有义务和她主动做解释，但她觉得，以他们的关系——以他们现在的——至少是经历了码头那一夜的友情吧，他总该礼节性地——对，礼节性地表示一下吧？

她傻傻地等着项善行动，也幻想过，自己就那么干巴巴地走过去，主动要求他交代答案，然后也许将面对这一生都不愿再记起的尴尬。

这对她和他，都是一次无声的考验。

许晴明显感到，她就要输了。

项善始终像个木头人，对周遭一切都不闻不问。

那段日子，许晴整个人都有些游离。在高三开始的阶段，老师们每天强调着在高一就讲过好几遍的知识点。在许晴眼里，历史看似可以重演，有些事情却很难再现了。她的记性似乎糟糕起来，一个公式刚刚还在脑海中，不知怎么就想到了别处，下笔便毫无章法可言了。

项善还是没有主动来找她，可自主招生的日子却来了。

项善请了一天假。他没来的那天，许晴终于知道，一切都是真的，而且他也没有要和自己说明的意思。

就在这个节骨眼上，又一件突如其来的小事，成为压垮骆驼的最后一根稻草，彻底将她击中。

周末回家，许晴习惯性地去看项善的空间，很突然地，目睹了"无法访问"的警告。

项善把她的访问权限也取消了。

她站在紧闭的大门外，完全不知道前因后果是什么。

八

许晴无法再忍耐了。她不管不顾地给项善发了条信息。项善的头像非常迅速地有了变化，出现了"对方正在输入"的字样。

但很快，这行字消失，过了很久，也没有任何回复。

　　许晴知道，项善一定看到了，也许本来想说什么，却还是选择以沉默回应。

　　许晴的心像那颗在黑暗里丢出的石子，惶惶然沉入了未知。

　　她还傻乎乎地信了那满天虚拟的星光，相信了项善说的，时间会给他答案。

　　这就是他给她的答案。

　　因为这件事，她觉得自己和项善好不容易走近的距离，再一次被拉伸到无限远。

　　她接受了这个现实，开始不再和他说话，不知道是赌气，还是真的如他所愿。她偶尔暗自猜测，也许他在那一晚的倾吐之后就开始后悔了，后悔说了那么多，加上自己更加频繁地浏览他的相册，那些不断出现的访客记录，更显得自己像一个狂热的隐私窥探者。事实上，人家根本没把自己放在心里，对自己的未来，也早有谋划，海事大学不过是他的个人意志，他随时可以改变——人都是善变的，否则他为什么之前不说呢？请假不来的原因，他肯定早就知道的……

　　她转身，因为被好多人挡着，没能看见最后一排的项善，只看见高三以不容分说的力量朝着所有人碾压而来。他们是海底的小石子，要经过碾磨、粉碎、再造……被一道又一道手续筛选，最终变成这个现实世界里一颗颗小小的螺丝钉，再也回不到海里……当然，也可能——只是可能，变成一颗星。

有时候，许晴会在走廊上和项善碰面。旧旧的走廊上，有些墙皮已经因为受潮开始剥落，露出了脏兮兮的石灰材料。时间总是有这样的魔力，把表象悄悄剥离，展露出令人难以接受的真实。

视线交汇的刹那，项善似乎欲言又止。可许晴根本不给他机会，只看了他一眼，就面无表情地快步走过了。直觉告诉她，项善其实在回头看她，可她已经不想回头了。

在那些疲惫到双眼溢出生理液体的时刻，许晴的思绪还是会飘回那个日子，会想起那个被月光——还有"星光"照耀的夜晚。她象征性地看看自己的手，指腹上沾着黑的、蓝的油墨。曾以为满手降落的月光，其实，都是自己骗自己的。

九

小镇的街道上闪烁着廉价的霓虹灯光。许晴坐在车里，一言不发。看窗外夜景飘逝，觉得非常尴尬，她没想到，项善也是开车来的。更没想到，项善会单独送她。

"其实，这是朋友的车。"项善一边开，一边笑说，"明天一早还得开回上海去。"

车子里只有他们俩，有种莫名的感觉让许晴决定，还是少说话更好。

许晴感到口袋里手机在震，看到男友发来短信："怎么还不回？"

她关灭了屏幕，觉得一阵疲惫。

项善关切地问了句："工作很累吧？"

"累？"许晴苦笑笑，"累什么呢！半闲不闲，自己也不喜欢，只求个安稳。"

项善又陷入了他标志性的沉默。许久，他才问："许晴，你今天没认出我，是不是因为我老了？"

许晴笑了："比你以前的娃娃脸，是老多了。"

项善也跟着笑，声音却很低："可我怎么觉得，其实，你老得比我快呢。"

许晴一时没听明白，心中冒出怒火。等她慢慢体悟过来，竟感到心上有一根尖锐的东西在悄悄划过。

"你现在变得跟我以前读书的时候一样，不怎么爱说话了，"项善还在主动找着话题，虽然许晴对他的这种尝试充满感激，但面上依然是疲倦而冰冷的神色，"许晴，你以前不是这样的。我现在的工作算不上好，一点也不轻松，薪水也不算多，但觉得很自在，我做了自己想做的事情。上学的时候，我没有选择权，叔叔说什么就是什么。他曾经看我外形条件不错，还帮我争取过艺校招考的资格，却被别人误传成了名校……很好笑吧，我就去试了试，根本没那个想法。"

"因为，我没有忘记，从小就想完成的心愿。"说着，他又顿了顿，"那段时间，我不知道自己的未来到底会朝着自己设想的路走，还是完全被别人安排。所以，在高考最要紧的关头，我把自己关了起来，我很怕影响你……"

许晴觉得喉咙有点哑。她静静地听着，很想说些什么，住处却到了。

十

他们的告别很简单。

许晴说了句"谢谢"，她觉得项善依然不善言辞，他刚刚说的一大段话，似乎在解释什么，却又根本没解释清。

难道这么多年留下来的疑惑，就因为这个原因吗？

但无论如何，许晴觉得心里有一块沉沉的东西落地了。这次聚会，并非毫无所获。

当然，许晴也反问自己，可能，一切就是自己小题大做了吧。他们之间，就是关系好一点的男女同学，没有别的什么，是自己上纲上线、莫名其妙罢了。

青春岁月里，实在太多这种可有可无的念头，都是一厢情愿的放大，让一些本该转瞬即逝的东西，成了经久不息的执念。

许多年了，这些不成熟的记忆也就不再重要。许晴又在位子上停留了一会儿。他们不约而同地保持沉默，这种经年后的默契，倒透出了一丝可贵的温存和惆怅。

许晴从右前方的后视镜里看到快要三十岁的自己，她涂着粉，眼睛是细心描过的，口红色号并不十分衬她，却是男朋友送给过她的最好的礼物。坐在项善身边，她的思绪好像又飘回到了多年前，有那么一瞬间，感到自己又和那个敏感、雀跃的少女重叠到了一起。

她露出一个无奈的微笑，叹了口气，说："你慢点开，一路平安。"把车门一关，就径直上楼了。

还是没有回头，好像这一路的独处，这经年之后的相逢，竟只是一个过场，没有任何岁月积淀下来的意义。

像多年前项善把空间一关，说断就断，不给任何解释。

许晴想，她终归不是那年的自己了。至少，自己觉得不该是了。

她一进门就躲进房间，反锁，不让男友来干扰。男友在外头生气地大喊："怎么啦？人跟人比，受了刺激，回来就只会跟我发脾气吗？"

她捂住耳朵，下意识地想重新逃下楼，躲进项善的车里。想到这，她出于好奇，或者仅仅出于一种少年时代养成的习惯，点开了那个曾经好多次想删除的头像，并点击了那个黄色的五星图标。

空间的大门打开了。

她没有受到任何禁止，空间像一颗被时间包裹的标本，交付了被漫长的六年时间所孵化的答案。

许晴的手有些颤抖。

在她刻意遗忘这段记忆的几年里，为免自取其辱，她真的一次都没有试着点进来。她都不知道项善是什么时候对她重新开放通道的。

她看到那个唯一更新的相册，一如既往提示有了新的变化。

她点进去看，最新的那张照片的上传时间定格在六年前。

照片里是夜色中的大海。

一轮明月悬在天空，模糊的像素赋予它一种天然的怀旧。但那左下角的人影依然分明可见——有一个姑娘的背影，朝满月伸出了纤细的手，清晰张开的五指，仿佛抓到了一手纯粹的月光。

这背影是如此熟悉，也如此遥远。

许晴听到自己的喉咙里发出了一声低低的呜咽，看到了照片底下的那行字：

记住今晚，记住你。有一天，我们一起驶到最宽阔的海面，去看夜空里最亮的星。

余声不回

有时候做梦，梦见自己又站到那棵大树底下，身边人群匆匆，我却凝视那盏颜色黯淡的铜铃，一时无言。

恍惚醒来，觉得冥冥中仍有铃声从记忆深处由远及近地漾来，像幻听，又像身体内部悄悄打磨出来的某种回声。

一

那是 2006 年，高中开学，夕阳见怪不怪地打在我们汗湿的军训服上。教官说了声"解散"，人群便从操场口鱼贯而出。我看到同班的晓珊兴冲冲地走在前头，突然跑了几步，走到高三教学楼前的那棵大树底下，身子往前一探，够着了一根垂下来的细绳，用力拉几下，"当当当"的铃音就从稀疏的树叶间滴落下来。

半开的教室门里，不少正在上课的学长学姐循着声音往外瞄了几眼。

真是一个惊喜的发现啊。

晓珊把绳子往回一扔，窃笑着跑走了。我三步并作两步，立马跟进，伸手抓过那根绳子，不由分说地拉扯起来。"当、当、当……"这才看到头顶那盏颜色黯淡的铜铃，普通的钟罩式样，孤独地悬在稀稀拉拉的树叶间，随着绳子的扯动，一晃一晃，发出清脆到近乎平庸的声响。

高三教室里的讲课声隐约传来。我一边拉，一边想，等我毕业了，我也来这棵树上挂一串风铃，还要配上毕业照、祝福语。以后学弟学妹一经过，就能听到细密的铃音像精灵一样在高处跳跃舞蹈，让我们的青春永远在这里发出回响，那一定比这古旧的铃铛更有意义吧。

我欢快地想着，好像才入学，就已经把高中三年全规划好了。顺手将绳子抛了回去，我正准备走，突然感到手腕被一只手攥着了。对方力道适中，却带着不容分说的威严，将我又拉回大树底下。

"这个铃，在学校里，一直被用来……"

抬头，看到一个神色严肃的男老师，唇边留一圈薄胡，头发天然微卷。他声音低沉地絮絮叨叨，让我瞬间反应过来：

我被抓包了！

恐惧和恍惚笼罩了我，他后面说的话，我也听得不甚清楚，但这并不妨碍我对他的理解：这铃是你能随便碰的吗？

我被迫站在树底，看身边络绎不绝的同学投来不解与异样的目光——那还是开学军训的日子呢，一切才刚刚开始，我就以这种方式"一战成名"。夹带着对晓珊的恼怒，还有想尽快脱身的焦灼，我小心翼翼说了句："老师，对不起。"

"你不用跟我说对不起。你没有对不起我。"

我心里更难受了："对不起，我不是故意的。"

"我说了，你不用跟我道歉，这跟我本人没关系。行了，你去吧。"

真是直白到冷酷的老师啊。转身离去的一刻，我愤愤地想，既然跟你无关，那抓我干什么？这破铃铛不过是个历史遗留，摇几下又如何，还能派大用场？都怪晓珊先引起老师注意，才害我跳进了这个坑……

二

自此，我和这棵树，还有树上的铃铛算是结下了梁子。后来，我也确实很少从那棵树底下路过，倒不是刻意回避，而是我们高一的教学楼确实离这里很远——就像那时的我常常觉得，"高考""毕业"也和自己遥不可及。

我被分在实验班，天天在高手群里苟延残喘。有时往后传作业，一回头看到后面黑板上贴着最新的月考排名，心里不禁凉飕飕的：初中里，后面可还有花花绿绿的粉笔画呢！我苦笑一下，把写了一半的动能定理继续写完。

繁忙的学业让我渐渐淡忘了这个插曲。忽然有一天，语文课的讲台上出现了一个陌生的代课老师。别人满怀新鲜，我却在位子上愣住了：一圈薄薄的胡子，天然微卷的头发……只听他在讲台上声音洪亮："我姓郑，是语文教研办主任，今天给金老师代一节课……"

看着他不苟言笑的脸，我心里发怵，整节课都假装认真地听讲，心思却飘忽游忽，担心他看到我、想起我、识破我，进而刁难我……直到下课铃响，什么都没发生，我才微微呼出一口气：原来他是语文办主任啊，难怪如此慑人……也是这个当口，我又想起那天他冷森森的口音，还有半句我没听清的话：那个古旧的铃铛，到底能用来干吗呢？

那时的我不会想到，就是这样一个简单的问题，竟若即若离地跟随我整整三年，并在答案揭晓的那一刻，为我以后的人生，都留下一缕挥之不去的怅憾与感动。漫长的高中岁月，要我找机会主动跟郑老师请教？我倒宁愿多做一本模拟题。问同学？似乎也没人留心过这件神秘的东西。

　　我就怀着这个可有可无的疑问挨到了高一结束。期末考前，学校通过闭路电视为我们讲解了高二的文理分班情况，需要我们把志愿表带回家，在暑假里做好选择。

　　班级要重组，于是在一个多云的下午，高一年级所有班级学生依次来到高三教学楼前的大树下拍集体照。

　　没人觉得这次合影蕴含着多少离情别绪，只有我心中感慨颇深：居然还特意来这棵树下拍啊……排队的间隙，我意味深长地看了一眼大树，还有隐在叶间的铜铃。我知道，已经没有人记得我在这里出过糗，只有我自己"此地无银三百两"似的心里起着反应。趁着排队站位的间隙，我用手肘捅捅旁边的同学："哎，看到没，那里挂着个铃铛呢，知道干什么用的？"

　　"应该是以前留下来的文物，寓意'警钟长鸣''不可懈怠'吧。"

　　"是这样吗？"我若有所思地反问。

　　"不然为什么要挂在高三这边？"

　　同学的分析颇有道理。因为一旦升入高三，我们也将统一迁入这栋教学楼。曾以为是由于这楼离宿舍和食堂都最近，能帮我们节省往返的时间，现在看来，可能还跟这棵树——甚至这盏铃铛有关呢。不用想，等高三毕业那年，大家也一定还来这儿拍合照吧。

那天起，时间充裕的饭后，我会有意路过这棵树。路过树，也路过它。好像它原本就跟这棵树是一体的——一棵树在学校待久了，天天沐浴琅琅书声，长出一个铃铛又有什么稀奇？我站在树下，被自己傻乎乎的念头逗笑。偶尔有风吹过，好像树叶也忍俊不禁，我便跟着盈起一股感动。只有心中的疑惑像那美丽的花苞，终年生长，却始终不放。

三

高二那年，管广播台的老师非常体恤地在上午二、三两节课间，通过喇叭给全校播放流行音乐。这是大课间，有 25 分钟的休息，花 15 分钟做完课间操后，还可以欣赏两首歌。这绝对是一天里最解脱的 10 分钟了，一起听着动感的旋律，从深海般的课堂里冒出头来换口气，犹如重生。老师还用心良苦地每周换一批，因此我们总能听到各式各样的新歌老歌。

记得有一回，课间音乐实在好听，问来问去，却没同学说得出名字。偏执的我最终趁着那仅剩的几分钟，飞奔到广播间，找到老师问来了那首歌的名字——The Weepies 的《Gotta Have You》，那梦呓般的吟唱，像围墙的日子里一道明亮的豁口，让人念念不忘。老师有些难以置信地问："你还专门来问这个啊？"我气喘吁吁地点头："是啊是啊！"

跑下楼，路过树，我又不由停下了脚步。抬头看向那个铃铛——你啊你，现在科技发达，喇叭里什么都能放，时间都精确到秒，你这手动的家伙，到底能派上什么用场呢？

我这么略带嘲讽地想着，心里却又为它感到惋惜。

四

高二的课程越来越难，案头的书也越堆越高，频繁的考试与排名让我无暇顾及那被遗忘在枝叶深处的旧音。为了不浪费时间，我饭后不再特地往那棵树走。三点一线的生活适应起来也很快，人就像上了发条和时钟的机械玩偶，拧几圈、放地上，按部就班地做好每一个标准动作就可以了。

喇叭里的歌换了好几批，高二这一年也恍恍惚惚走到头。我们被时间推着，不由分说地升入了高三。

8月暑假，我们提前返校，搬宿舍，换教室。校园里稀稀拉拉的人影像头顶永远不甚茂密的树叶，在风中来回移动。我捧着沉重的课本，路过那棵树的时候，抬头对铃铛轻轻说了句：以后就做邻居了哦。

9月，新生入学。我们站在走廊上就可以看到鲜红的操场和墨绿的方阵。像两年前的我们，也声嘶力竭地喊着"为人民服务"，唱着《团结就是力量》……我现在的教室，比楼前的树高，往下看，那盏铃铛就掩在了片片绿叶之下。我看不到它，却知道它在，好像老朋友般心知肚明。也以为它就永远这样静默地守护，像一颗苍老而温和的心。

直到高考前，学校组织最后一场模考，我才做梦般，忽又听到它的铃声。

"当、当、当……"是考试结束的铃声，它的铃声。清脆到平庸的，却也安稳平和的。

我感到不可思议，它竟然真的可以用啊……

班主任从前门进来："高考那两天都是外校老师来监考，但我们会人工敲铃，就是这个铃。所以你们记得，自己的老师就在外面陪着你们，你们什么都不用怕。"

我一下愣住了——这就是每一批高三都来这里的原因吗？我温暖又伤感地想起被郑老师拦下的那个傍晚，他说"这个铃，一直被用来……"

我该庆幸自己没有听清那后半句吧：原来这个铃，是用来为青春送行的。

五

毕业好久了，我仍不时梦见自己站在那棵大树底下，身边人群匆匆，我却凝视那盏颜色黯淡的铜铃一动不动，接着

伸手抓过绳子，小心翼翼地扯动……

这次没有人拦我。

只剩空旷的余音远远地漾开，像年少的我们，再也没有回来。

余声不曾闻

Part 4

碧蓝相见

你知道我不会认输，就像我知道你决不低头。

我最大的希望，就是我们永远有高下、始终有距离——

但我也希望，距离只有……一点点。

从此风清到月明

篇 首

你知道我不会认输，就像我知道你决不低头。

我最大的希望，就是我们永远有高下、始终有距离——

但我也希望，距离只有……一点点。

第一章 作 弊

起身的一刻，唐乔月仍觉得恍惚——自己也有被"扫地出门"的一天啊。

她收拾好自己的"细软"，一言不发地走到后门。

她前脚刚跨出，方碧晴便起身，面无表情地把门推上。

透过那道迅速变窄的门缝，她看到方碧晴的眼珠动了一下。

两人的视线如突然对接的电流，在隔断前一秒发出了"噼啪"的声响。

门"嘭"地关上了。

唐乔月抬头看二班门口的月考座次表。她上个月月考年级 41 名，门口的第一个位子正等着她。

这个位子，会成为她高中岁月里的第一根耻辱柱，为她日后的回忆钉下尴尬的记号。

是教导主任想的法子：既要保证考试公平，又要激发同学们的竞争热情，每次月考要按上个月的月考名次来排座。

"不狠抓，华川中学迟早要赶上我们哦！"教导主任搓搓手，呵呵笑道。

于是，一班的第一个座位如同睥睨群雄的龙椅，落座其上的，是年级第一，是帝王；往后，依次是宰相、大臣、芝麻官……列于纸上的排名，辐射进现实。

上月月考，唐乔月大大失手了。

成绩出来，她的名次恰好咬住 40 的尾巴，刚好不用换教室了！

庆幸之余，也有一抹震惊。

方碧晴居然……比她还低？！不相上下的两个人，竟连失手也像约好了似的。

她心里窃笑，至少比她好。

当天下午，唐乔月路过办公室，被刚从里面出来的方碧晴叫住了。

"老师给我改错了4分，刚刚修正过来了。"

唐乔月有点懵："改错？"

"对啊，"方碧晴的表情意味深长，"加上4分，好像就比你高1分了呢。"

唐乔月费了好大劲才消化完这句话，没过几分钟，新的名次表就贴上了墙壁。

方碧晴从年级46名跳到40名，唐乔月被无声无息地挤到了41名。

站在新的名次表前，唐乔月眼珠一动不动。

"真无语啊！"熄灯后的寝室里，闺蜜梁琼恨恨道，"是'改'错，不是'算'错哎。兴许她要尽了嘴皮，逼老师不得不给她判对……"

对头传来许文婷粗粗的声音："不睡出去聊。"

梁琼停止了控诉，只轻轻拍着唐乔月的肩：尖子生的喜怒哀乐真和自己不同，她每次考试往最末几个班级跑，心里

是一丝声响都没有的。

　　一进二班的门，唐乔月就赶忙坐下，带着做贼似的惶恐。

　　她双手捧头，无力地靠在桌上。手臂落下时，课桌跟着晃了几晃。

　　她摆弄了几下桌脚，心底冰凉一片：桌子会摇。

　　要在一班，不论考第几，她都会带着自己的课桌移到相应的位置，很少遭遇不便。果然，换了教室，一切都不顺了。

　　她回头望望，周围全都很陌生。

　　唐乔月第一次觉得，考试开始了，自己却还没准备好。

　　两个小时很快过去了。语文不是她的弱项，她却觉得累。

　　别人陆陆续续离开，她却蹲在桌边，想法搞定那个残缺的桌脚。

　　"哎。"有人拍拍她的肩。

　　是和自己并排的男生，隔了条过道。

　　男生眉眼清秀，戴副蓝色的无框眼镜，很书卷气。唐乔月心情不好，但看他笑盈盈的，不觉也微笑起来。

　　"桌子不舒服对不对？要不要下午换个位子？"

　　唐乔月惊讶地看着他。他竟注意到了，还这么主动。

　　换个位子完全可以，他俩这么近，监考老师也不会来一一对名字。但要是换了，就代表她就是 49 名，男生是 41 名了……差得不多，但有时候差上一名，也有天壤之别。

可不就是一名之差，让她落得这样的下场？

她咬咬牙道："谢谢啊，你真有心，不过没事啦……"

"如果你想坐原来的位子，"男生觉察了她的犹豫，"我们把桌子换过来好了。不然你还得忍受一下午呢！"

他说完，就把唐乔月的桌子往自己这边拉。很快，两张桌子就换好了地方。

男生干脆利落的配合，让唐乔月有点不知所措。忽然，一个清脆的声音叫她："你果然还在！不吃饭啦？"

下午的考试在一阵急促的哨声里结束了。

哨声虽急，在唐乔月耳里却很动听。

桌子不晃了，她的心也跟着稳定。考前，她看到男生在桌脚下垫了一本笔记本。她说："你早说嘛，本来不用换桌子的，我自己垫上就行了。"

男生摸摸头："我就是热心过头，脑袋一热就傻乎乎的。"

唐乔月也跟着笑："那你考数学的时候，可得清醒啊。"

男生答："彼此彼此。"

心里有清风扫过，唐乔月觉得数学考得格外顺畅。

她在大家忙着出门的时候拍拍他的肩："你叫什么？"

男生从桌脚下抽出自己的本子，拍掉上面的灰尘，指着右下角："这个。"

唐乔月一字一顿地把它念出来——

"江、一、楚……"

"啊，你就是江一楚！"

这天的落霞很美。傍晚的天空像一块紫色的琥珀，温柔而神秘。

唐乔月回到教室，盘算起晚上的复习计划。

翻起桌盖的一刹那，一张纸条从活动的缝隙里掉下来。

不出几秒，她的身体就僵在原地。

居然是小抄……

纸条上写了多个三角函数互化公式，下午考试用过。公式的准确运用，能节省很多时间。

唐乔月的大脑闪过很刺眼的空白。

年级前 40 的佼佼者里还有作弊的人？

她不声不响把那张纸条攥紧，塞进了自己的笔袋。

她仍抱着一丝希望想，也许只是人家用来复习的小纸片罢了……但上面几个和考试内容完全契合的公式却又不许她自欺欺人。

她不动声色地跑到前门，对着门上贴的座次表，查找自己桌上的那个考号。

手指顺着横线慢慢推过去——看到了名字：程仲杰。

这晚回到寝室，唐乔月跑到方碧晴宿舍门口，抬手敲敲。

方碧晴一出来，她就开门见山："记不记得考试时坐在我桌上那个男生？"

方碧晴的眼里闪过一丝不易觉察的光芒："干吗？"

唐乔月支支吾吾："问问嘛。"

方碧晴脸上的嫌恶瞬间聚集："你以为我是什么人，包打听八卦吗！"

唐乔月感到无辜："因为你坐最后一排，离得近我才问你呀！"

"我坐最后一排，也比有些人坐在二班强！"

方碧晴"哼"了一声，转身关上门。留下不知所措的唐乔月，像被人遗弃似的，孤立于灯光下。

第二天考试前，唐乔月有意拖延了一会儿。大家陆续就座，她的位子上却还没人来。

"还舍不得走，快考试了呢。"斜对角的方碧晴发话了。

方碧晴脸上挂着一丝笑意，唐乔月白了她一眼，不得不起身。

"你好像心不在焉哦。"考试前，江一楚在旁边说。

唐乔月笑一笑，她说不上来为什么，别人作弊碍着她什么事了？她干吗这样介意？

她拍拍额头，让自己清醒一些。

考试开始了。

前门忽然走进一个胸前挂着牌子的老师。

"打扰同学们了。昨天有人举报，说考场内有作弊行为。虽然我不认为在座的各位有作弊嫌疑，但防微杜渐，还是快速检查一下。请大家打开笔袋、文具袋等密封的东西。"

话音刚落，唐乔月的脑袋就"嗡"一下大了。

坐在第一位的她来不及作出反应，笔袋就被老师拿了起来。

检查的老师好像被虫子咬了一口，手猛地一顿。身旁几个同学也好奇地抬起头。

老师好像比唐乔月更觉得震惊和尴尬：这……才第一个啊。

他捏着那张唐乔月昨天发现的纸条，难以置信地问："……这是？"

第二章 月 下

晚饭后的天空宁静而悠远。

明明很美丽的天气，也明明该有很美丽的心情，因为纸条，一切都消散了。

走进机房，唐乔月挑了一台电脑坐下。

"你来啦。都过去一周了，怎么还不改签名？"网上，"井底之蛙"发来信息。

唐乔月看了一眼自己的签名：终于理解窦娥之苦了。

"井底之蛙"又跟一句："不是说老师相信你了吗？"

"对，清者自清。"唐乔月理直气壮。

"这就对了。你查清楚作弊的是谁了吗？"

"只知道名字。"

"时代变啦，以前是成绩差要作弊，现在成绩好的也忙着动歪心思。"

"就是！为了好一点的名次，有必要这样？"

唐乔月心里一惊。人真的有完全满足的那一刻吗？面对更大、更耀眼的荣耀，真有人能做到心无旁骛吗？方碧晴加那4分就是最好的证明——她的优秀早已在全校赫赫有名，只不过跟那些作弊者的区别就在于道德含量的高低罢了——

自己要能有机会超越她，难道会白白放弃？

"这也好理解，像计算机程序，设好了目标，当然会想方设法达到目的喽。人的大脑，不过也是个程序罢了。""井底之蛙"一派哲学家风范。

"想方设法？真委婉！是不择手段吧？"

耳边响起了晚自习的预备铃，唐乔月回复："要上晚自习了，拜拜！"

"井底之蛙"是唐乔月在论坛里结识的。寒假，唐乔月电脑故障，上计算机论坛求助，只有"井底之蛙"加了她好友，"手把手"帮她把疑难杂症解决。

除了知道他是一个技术宅男，还得知他与自己同龄，在华川中学就读！

唐乔月激动："世界真小！"

"不是世界小，是你在资料里写了地址，我看你是老乡，当然要帮衬一把。"

"原来如此……"

"你安全意识真的很匮乏，才上论坛，就把真实信息都写上去，还'全站可见'……"

唐乔月这才慌慌张张地把个人资料全部改掉了。

上次唐乔月的纸条被查，她上网找这只"蛙"倒苦水。

说来，彼此也算最熟悉的陌生人了。

    路过班主任陈启军老师的办公室，唐乔月又想起那天的场景。

    陈老师不怒自威的神情里没有疑惑、失望，而是安静地听唐乔月解释，最后选择相信她。

    毕竟，唐乔月的实力，一张纸条能说明什么？

    从办公室出来，有些人的眼神却明显变了。

    "没事吧？"梁琼赶到她身边，"我听说，月考时突击检查，是方碧晴提议的。"

    唐乔月顿住，眼睛不知不觉瞪大。

    一张通知单飘到了桌上。

    唐乔月坐在话筒前，清清嗓子开始念：

    "各位老师、同学，这里是'十字星'校园广播台，接下来为您播送一条通知。"唐乔月把声控键往上推一点，"第十届'金雀杯'演讲大赛开幕在即，现已进入了预赛报名阶段。本次比赛面向全校同学，预选赛前三名将前往华川高中参加复赛，复赛优胜者则代表县市参加省赛……"

    广播台设在逸夫楼，紧邻校内的白马潭。唐乔月作为台长，每周二、四傍晚过来直播。

这天结束返回，忽然看到一个熟悉的身影也正穿过草坪。

——江一楚啊。

上次笔袋里的纸条被发现，江一楚什么都没问，反倒很善解人意地在考试结束后和她微笑。那意思好像是：没事，我理解。

唐乔月觉得很荒唐，也很慌张。

那是理解的微笑，也是……误解的微笑吧？

那天知道他就是年级里大名鼎鼎、多才多艺的江一楚后，唐乔月多么希望，自己留给他的也是一个正面、光彩的形象啊。

怀里的本子是那天他用来垫桌脚而事后遗落考场的。

正好，她盘算着，把本子连同解释一起送去吧。

这天晚上在女生宿舍里，方碧晴摸出手机，偷偷发了一条短信，收信人是李好。

没一会儿，李好回复："这次比赛，拿奖只会有利无害，咱们一起吧。"

"那你记得，如果有任何最新消息，及时告诉我。"

"没问题。"

这厢方碧晴在黑暗中收起手机，那厢李好伸下头，对下铺正一个劲儿敲键盘的魏书林发话："演讲比赛，有没有兴趣？"

魏书林头也不抬："没有。"

李好眨眨眼睛："我和方……"

没等说完，魏书林就兴冲冲拍着李好的床铺："去外头吃饭，有没有兴趣？"

20分钟后，一脸兴奋的魏书林带着一脸迷茫的李好，走在了去大排档的路上。

魏书林笑："果然要溜出来吃才好玩。"

以为只是去后门的小摊铺买点关东煮，透过铁门缝隙就能递进来。谁知，居然被魏书林骗到这么远的地方！

回去的路上，李好忍不住问："你已经受到特别礼遇了，还一天到晚怼天怼地，是图什么呢？叛逆也得有个限度吧……"

魏书林知道他又要说教，不等他说完就叫起来："今天要查房！"

李好被吓得一愣，回过神，魏书林已经跑远。

月影依稀，静谧的校园陷入了沉睡。

男生宿舍前，却隐约传来喋喋不休的话语——

"不要以为你不参加高考，就能为所欲为。魏书林，你有计算机特长，学校允许你带电脑，允许你不上无关紧要的课，是你的特权。但别人还得正常学习吧？你这么晚回来，个人安全不说，给别人又造成了多不好的影响？"李好和魏书林站在来查房的班主任面前，一声不吭。

"这么晚干什么去了？不解释清楚不用上楼。"

魏书林保持沉默，一副等着看老师好戏的心态。

"我们……"酝酿了几分钟，李好硬着头皮道，"我们去排练演讲稿了。"

魏书林看向李好。

"今天得知演讲比赛，我和魏书林想弄一个组合，怕声音大影响大家，才来楼下练的。怪我们兴致太高，忽略了纪律，实在对不起。"

"魏书林要参加演讲比赛？"班主任惊疑地看向魏书林。

李好抢着点头："嗯！"

第三章 选 择

台下闪光亮起，负责摄影的老师做出"OK"的手势，这次月考年级前十名合影结束。

唐乔月这次年级第五，方碧晴第三。势均力敌。

这次，她可实打实地胜过唐乔月了啊。下台的时候，方碧晴暗忖。而且，由于年级第一、第二都是男生，所以在选派优秀同学发言时，考虑到性别因素，上台的是第一名的男生和第三名的她。

男生在上面讲话时，方碧晴坐在唐乔月左边，窃窃私语："这次我可没让老师加分，你不用记恨我吧？"

唐乔月认真地看她一眼，不说话。

方碧晴笑："我知道你有疙瘩。我也不想换教室啊，"她一边说，一边竟伸出手，跟唐乔月握了握，"何况，那道题是真给我改错了。"

唐乔月又惊讶又抗拒："我没那么小心眼。"

"那就好。"方碧晴语气温柔，"那晚我态度不好，怕你生气。因为接下去几天，我有点事要麻烦你。"

看唐乔月露出疑惑的神情，方碧晴道："我报名演讲比赛，到时想借广播台的录音设备听听效果。"

没等唐乔月说什么，耳边如潮的掌声轰然涌来。

"有请方碧晴！"

方碧晴换上灿烂而精致的笑容，在沸腾的掌声里款款上台。

唐乔月也跟着鼓掌，但她鼓得心不在焉。

等全场安静，唐乔月再次转头。

那里，坐着本次月考第9名，程仲杰。

"不管报不报名，上上'演讲与口才'课总没有坏处吧？"梁琼一边喘气，一边回头，"方碧晴处处跟你作对，这次月考又比你好，你就不想给她点颜色看看！"

唐乔月边跑边听，没有搭话。

终于赶到教室门口，俩人的脸红成了苹果。

这节课打辩论，辩题是"校园秩序的建立主要靠自律VS靠他律"。下方画了一个表格，是投票用的。

此刻，校园西南角的练习室里，笛声正从微开的窗户传过来。

表演者是江一楚。曲毕，教室里涌起一阵热烈的掌声。

"江一楚是我们民乐团里的主笛手，我不在的时候，民乐团的事主要由他负责。"李老师拍拍江一楚的肩，"这学期我比较忙，年末演出就麻烦你多费心了！"

江一楚懂事地点点头，熟练地拿出本子，开始点名。

"二胡，马天阳！"

"到！"

"扬琴，李萱！"

"到！"

"副笛，陈澈！"

"……"

"陈澈！"

江一楚低头在陈澈的名字旁做了一个记号。陈澈四次缺席了。人呢？

忽然，自己的本子里漏出一张轻飘飘的纸条——

"月考时那张纸条不是我的。望你不要误解。——唐乔月"

"接下来，我们要选出今天的最佳辩手。"杨老师甜甜笑着，"根据同学投票和我的给分，今天的最佳辩手是——"

梁琼凝视前方，唐乔月也跟着紧张起来。

"正方二辩，徐军！"

唐乔月有些意外，当然，更意外的是梁琼。

"杨老师,这次辩论,许卫平不是很好吗,怎么不是他？"她忽然起身，朝着所有同学喊，"你们为什么不选他？"

唐乔月坐在一旁，傻眼。

底下涌起一阵议论。

杨老师惊愕了一下："选择权属于大家，不能强求嘛！许卫平的表现大家有目共睹，你可以来看，有不少人投他的。但就像我说的，选一个最佳辩手是想让大家明白，赛场上，实力可以难分高下，名次却是在所难免。"

掌声再次响起。

带头鼓掌的，是梁琼声援的许卫平。他朝杨老师点头示意，也朝梁琼微笑。

风度，气度，大度。

唐乔月心想，没看出来，梁琼，眼光不赖啊！嘻嘻。

"杨老师！"一下课，唐乔月就追出去。"演讲比赛要开始了，能否请您抽空到台里给大家传授一些演讲技巧？"

杨老师毫不犹豫："这是好事啊，没问题！"

傍晚的女生宿舍里，梁琼沉默地擦头。

"你下次再用我的水，"许文婷的声音从卫生间飘来，"就必须晚饭前给我打回来！"

她和唐乔月从兴趣小组回来，图方便，见许文婷热瓶里有水就先用了，准备回头重新打满，晚自习结束再带上来。

"你难道不知道水房6点就停烧了，你晚上打来的都是温的！"

"能差几度啊，"梁琼喃喃，"就算是温水，洗起来不正好！"

"你天天玩手机玩到那么迟，温水用惯了，当然无所谓，我跟你能一样吗？"

跟着，又极轻地念一句："走后门进了国际班有什么用，本性难改。"

梁琼顿在原地。挂上毛巾，头也不回道："我现在就把水给你打回来，行了吧！"

第四章 如 谜

宿舍，陈澈卧在床上，双目紧闭，音乐顺着耳道灌入身躯。

江一楚在陈澈床边站了几秒。他想起和自己同为老乡的程仲杰，因读书问题寄居亲戚家，父母远在乡间，大小事都亲力亲为——再看看陈澈。

伸手上前，摘了他耳机。

陈澈目光带点慵懒："怎么了？"

看到他手里的笛子，才迷迷糊糊道："啊对不起，我忘了。"

"忘了？陈澈，想退出就赶紧填申请，一旦演员名单定下就……"

"对了，你认识一班的陈启军老师吧？"听江一楚数落了一阵，陈澈突然打断他。

江一楚有点气馁："认识又怎样？"

他好几次考场作文被当范文，语文办的老师都知道他。

"我在信箱那儿捡到一封信，是陈老师的。我不认识他，你正好转交一下呗。"

江一楚接过信，上头写着"陈启军老师 亲启"。奇怪的是，没有邮戳邮票。

陈澈重新戴上耳机，一幅拒人千里的样子。江一楚站了一会儿，转身离开了。

秋意阑珊，唐乔月洗完衣服，手有点僵了。

捧着衣服往宿舍走，方碧晴的声音突然飘来："最近忙吗？"

"还好……"唐乔月有点摸不着头，"怎么？"

"听说你最近忙着找杨老师，我怕你太忙，把我说过的事给忘了。"

唐乔月一下就猜到方碧晴想说什么了。

她不露痕迹道："每周二、周四，趁我在的时候都可以……"

"我听说你也准备报名？为什么表彰大会上，跟你说起这事的时候，不告诉我呢？"方碧晴突然朝前一步，变得咄咄逼人，"还有，你为什么霸占杨老师，单独跟她训练？"

唐乔月有点懵，方碧晴总这样出其不意地变换态度，像头随时咬人的狮子。

"我只是去听了她一堂课，跟你借不借录音设备半分关系都没有。"唐乔月想起梁琼说的，不能总让自己占下风，"还有，我参不参赛为什么非要告诉你？我自己都没正式决定！"

方碧晴并不罢休："没决定你去听什么？据我所知，你什么兴趣小组都没选！"

唐乔月觉得可笑："既然我什么都没选，证明我什么都能去，这点自由我还有吧！"

"你是自由了，但公平吗？"方碧晴的眼睛要喷火，"既然要公平竞争，为什么要求助于别人？为什么不靠自己的实力去赢？"

唐乔月冷笑起来："能找到老师辅导，也是本事。你找不到，就是你能力不足，怪谁？"

"是啊，你本事大，你就是习惯了耍这些手段，所以月考的时候才会作弊！"

话一出口，唐乔月的喉咙像被棉花堵死了，澎湃的能量消失得无影无踪。

她终究在这句话前成了哑巴！

低头，咬紧嘴唇，唐乔月吼了句"我没有！"门"嘭"的一声关上了。

"上辈子做了什么坏事，今生才会遇到这种人！"唐乔月在键盘上愤怒打字。

"不瞒你说，我以前也有这么个的同学，""井底之蛙"回复，"格外强势，霸道得要死！不过这种女生都是外强中干，一只小小的昆虫就能把她吓个半死。"

"你是青蛙，昆虫天敌。"

"要不要我吐舌头，给你黏几只过来？"后面跟着一个青蛙表情。

"谢谢。挺恶心的……"

"我的个乖乖！我真是自取其辱！""井底之蛙"大呼小叫的表达让唐乔月忍不住笑。

"经过这件事，我做了一个决定！"

"我猜猜——准备参赛，并且一定要赢过她？"

"不！"唐乔月回复得斩钉截铁。"要找到纸条的主人，解开这个谜，还自己一个清白！"

"你怎么都不准备？"魏书林的回复还没打完，电脑屏幕就一下被李好按住了。

"怎么，就因为你擅自跟班主任说我要参赛？"魏书林重把电脑翻开，"我才不呢。"

"那你不是害我！"李好尖着嗓子。

"就说我临时退出了！"

"不行！"李好再次把他的电脑鼠标按住，"除非，你把那天晚上没说完的话说完！"

"我能做什么坏事啊！"魏书林喊，"除非方碧晴也参加，不然我没兴趣！"

李好突然爆出一阵笑声，倒在了魏书林床上。

魏书林神色一凝，双眼放光："方碧晴参加了，对不对？"

还剩几分钟才熄灯，可方碧晴已经洗漱完毕，躺在了床上。

忽然，手机在身下一动。

点开短信，是一句问候："天凉了，及时添衣。也希望你，不要那么讨厌我。"

她死死盯着这条没存姓名的短信，点击，删除。

心情郁闷地把手机塞回被子底下，却又传来震动。

还是他？好烦！

但屏幕上显示的是另一个号码，是来电提醒。

她捂着手机，小心翼翼爬下床，躲进卫生间了才敢接起来："喂？"

"喂？晴晴吗……"

熟悉而遥远的称呼让方碧晴像被浇了一桶冰水般定住。

"哥……哥？"方碧晴颤声确认，"你……怎么打来了？"

"我跟爸爸要了你的号码。"对方的语气里透着犹疑和关切，突觉哪里不对，改口，"哦，我跟叔叔要的……晴晴，你睡了吗？"

想了想，方碧晴答："学校里不许用手机的，以后不要

打过来了。"

方景鹏连声答:"好好。晴晴,我是想告诉你,我实习结束,顺利转正,转正后的薪水不错。你看你什么时候有空,哥哥带你出去庆祝一下。"

方碧晴心里一空,听到有风从身体里刮过去。

"晴晴?"没听到回应,方景鹏又唤一声。

"方碧晴——快点哦!我也要上厕所!"室友的敲门声把方碧晴吓得一激灵。

她匆匆对着电话讲:"再说吧。以后不要再随便打来了。"

方碧晴面无表情地从里面出来,像个机器人,一声不响地上了床。

舍友"啪啪"按灭了电灯,黑暗像潮水般瞬间把她包裹。

熄灯铃响起的这一刻,十字中学像一条巨大的鲸鱼游进了深幽的海底。

在密密的宿舍窗户中,有一扇窗户里,一只小功率手电筒凝出一圈光亮,投射在了江一楚的桌子上。

因为打翻水杯弄湿了信封,他才阴差阳错地打开了陈澈的信。

无论什么理由,打开信封口的刹那,他就是个不道德的人了。

爸爸：

我真的对我们之间的战争厌倦了。和平相处就那么难？

我这几天反思了我自己，那天你会对我发火，起因还是我。

你周末在家做辅导，没必要赚的外快你也赚。我知道，是为我。但看到你和学生家长说说笑笑，我还是忍不住会生气。我脑子里只剩下妈妈当着我面哭诉的话："你爸爸他……和学生离异的妈妈……"

妈妈走了。虽然妈妈嘴上说，她只和你分居。但你们能瞒我多久？你们的离婚证，我早就在抽屉里看到了。

我觉得累，尤其看到你和学生的家长有说有笑。那天没忍住，没大没小地跟一个上门来的女孩的妈妈说："阿姨，你现在单身吗？我爸爸人很好，也是单身哦。"

看到你们几个瞬间扭曲的神情，我觉得好过瘾。

我好累，也好后悔。我真的厌倦我们之间的战争了。

那句"不考大学了"，也不是我的真心话。

妈妈离开的时候，你说你会做一个负责、尽职的好父亲。我想，我应该相信你。

这封信，我还没做好亲手给你的准备，让别人转交了。

这几天的学习、生活都受了影响，写这封信，也是想让自己平静一些吧。

儿 陈澈

江一楚呆呆坐在位子上，脑子里一道道空白像飞机划过天空的尾线，交织错乱。

他想起陈澈说"……信是陈老师的，我不认识他……"

痴痴地坐了一会儿，灭掉了手电筒。

谜一样沉默的宿舍区，终于没有一点光亮了。

第五章　熄　灭

清脆的鸟鸣拉开了一天的序幕，宿舍里光线渐朗。

江一楚一夜没睡好，眼中有明显的血丝。

还是当什么都不知道吧！今天就去找唐乔月，除了感谢，正好把烫手的山芋让她转交，彻底脱手为妙！

下课铃声在走廊里回荡。江一楚来到一班前门，才发现陈老师还没下课。

像是做贼被看穿，赶紧退到走廊上。

一班好多同学看到他了。唐乔月眼神放光，他怎么来了？

陈老师走到门口，和江一楚对视一眼，点头微笑。江一楚恭敬地点点头。

唐乔月刚出来，江一楚就喊她了："唐乔月！"

仿佛中了奖，唐乔月蹦蹦跳跳地来到他身边。

"真尴尬啊，以为你们下课了呢。"江一楚说。

"哪儿啊，感激你还来不及。"唐乔月笑了，"不是你，估计陈老师又要拖到上课铃响，你找我有事？"

"是，是啊。"江一楚倒有了些慌张，"上次你把本子还我，我还没好好谢谢你呢。还有，你夹在我本子里的纸条，我看到了。我是想告诉你，其实你不必解释，我相信你。"

因这句话，唐乔月的脸像一朵迎风吹展的鲜花，浑身都放出光来。

"谢谢！"唐乔月把这两个字说得格外真诚。

"还有一件事，"江一楚摸着口袋，"有一封……"

"江一楚啊！"刚伸出的手僵住了，一个细细的声音像一支箭，把江一楚钉在原地。

方碧晴在身后笑嘻嘻地看他们："江一楚，刚刚多亏你来我们教室，陈老师才知道要下课。你写的作文可让他念念不忘，上课老提呢！"

方碧晴和江一楚在高一一起参加作文竞赛时，在赛场上照过面。那次比赛，江一楚一等奖，方碧晴二等奖，方碧晴从此记住了这个男生。

江一楚尴尬地笑着："运气好啦，也不是每次都写得好。"

方碧晴看到他手上给到一半的信，意味深长道："哎呀，我不知道你俩……对不起，你们慢慢聊。"

"没有没有，"江一楚慌忙把信往自己怀里塞，"没有的事。"

唐乔月恼怒地盯着方碧晴："你走开。"

方碧晴嬉笑道："对不起，我这该死的电灯泡……"

"无聊。"唐乔月轻声说，脸颊都有些泛红，"信要给我吗？"

"不……不是。"江一楚深刻感到自己的懦弱。从见到陈老师的那一刻起，他的负罪感就开始升腾，慢慢变成了胆怯。方碧晴开个玩笑，他就也像行窃被曝光似的，一时没有了对策。

唐乔月的失落显而易见，她仍努力堆起微笑："最近演讲比赛报名，好像没见你参加哦。"

"那不是我的强项啦。"

"可我觉得你声音很好听呢，"唐乔月微一低头，"再说你作文好，用原创的稿子会很出彩呢！"

"我……"江一楚心中一动。话音未落，上课铃不识时务地响起。

唐乔月微笑着目送江一楚离开。要是江一楚能一起参赛，她觉得自己也更有动力！

她心情豁亮地走进教室，光明正大地朝方碧晴投去一个白眼。

"各位老师、同学，前段时间为大家播报了演讲比赛通知后，截止到今天，已经有58位同学报名……"

唐乔月说了一阵，对杨老师眨了一下眼："今天非常有幸邀请到演讲专家杨芳丽老师来做客……"

"主持人，你好，广播前的各位同学，傍晚好。"

"杨老师，谢谢你今天能抽空来。我采访了一些上过您课的同学，总结了几个关键词：亲切、青春、有张力。您身上的这种特质，是天生如此吗？还是也有一个从'女凡人'到'女神'的蜕变过程呢？"

"谢谢唐同学，'女神'不敢当，我只是一个'女凡人'，没有让自己沦为'女犯人'罢了。演讲这件事，说得好，是艺术；讲得烂，等于犯罪，一旦沦为语言的囚徒，很可能会坏大事。尽量不让舌头犯罪，是我的讲话信条。"

不愧是演讲专家，唐乔月面上不动声色，心里已经为她的表达暗暗喝彩。

"我问个最简单的问题，杨老师您觉得什么才是真正的演讲？"

"好问题。"杨老师给唐乔月竖起一个大拇指，"很多同学还认为，演讲必须要有一个高高的舞台、一个话筒和成千上万的听众……其实，不论在什么场合，当你试图向别人传达你的观点或情感时，你所讲的，都算得上演讲。

　　"我认为，真正的演讲是一种对等的沟通、一种艺术化的表达，令思考、情绪都呈现得更加清晰。就像我和你此刻对谈，都暗藏演讲的色彩。

　　"话说回来，像唐乔月同学每次做广播，我都有留心听。她的用词和声调，都是一种非常好的演讲例证……"

　　晚自习预备铃还未响起，广播里的声音却戛然而止。

　　梁琼抬头，看到自己班的电插头像个秋千，在墙壁上无力地晃动着。

　　梁琼大喊："方碧晴，你干吗关广播！"

　　方碧晴有些不耐烦："你又没参加比赛！"

　　"没参加就不能听了？"梁琼站起来，"你不参加了吗？你都不听？"

　　"我没必要听这个。听她们互相吹捧，有什么鬼用？"

　　"是吗？"梁琼的语调里有种冷冰冰的调侃，"你真是心比针小，听不得杨老师夸唐乔月。哦，明白了，你一定觉得，跟唐乔月一比胜算不大，所以只好破罐破摔了？人家是广播台台长，还有杨老师指导，你什么都没有！倒不如早点退赛，省得自取其辱，对吧？"

　　梁琼想，可惜唐乔月不在，不然她真该跟自己学学，什么叫"道高一尺魔高一丈"。

"懒得跟你废话。"方碧晴说完，就坐回到位子上了。

方碧晴的语调竟比梁琼还冷。

这是梁琼始料不及的。她不是那个最喜欢挑起战争的疯婆子吗？如果方碧晴奉陪，她就撕破脸皮跟她吵一架，为唐乔月，也为自己——为自己这样的差生和方碧晴这样自大的尖子生之间，永不平息的战争！

却——擦不出火花？

梁琼看看周围几个盯着她的同学，"噔噔"走上讲台，一下把插头按进了插座。"哔哔"的电流声后，杨老师和唐乔月的话语再次充斥在教室里。

广播里的声音甜美柔和，在梁琼听来，却是尖利的挑衅。

教室里仅有的几个同学，都坐在位子上等方碧晴反应。

梁琼大大咧咧回到了位子上。等待着，不如说是期待着——方碧晴真的上去拔掉插头。

终于……方碧晴起身了！

梁琼一动不动地盯着她——

方碧晴径直走到喇叭底下，却没有伸手。

丹田蓄好的气无处可用，梁琼眼睁睁看她背影一闪，迅速消失在了门外。

第六章 事 故

路上疾走的方碧晴，表情里夹着淡淡的担忧。

梁琼对她说了那么难听的话，她根本没往心里去。

她在意的，只有唐乔月。

对这份执念追根溯源，是初中时候的一件小事。

那次，方碧晴也因为考试考砸，到家后被严格的父亲叫住，在人来人往的小区楼下，被温声细语地教育了5分钟。

父亲本意是想到家后把这件事处理得轻描淡写一些，好让母亲少说她几句。巧的是，这一幕被住在同个小区的唐乔月路过看到了。

那天，眼睛扑闪扑闪的唐乔月恰好路过，不明所以地停下来，盯了他们好一会儿。

方碧晴记得，唐乔月离开的时候，居然还笑了一下。不论唐乔月是否承认，这一点，成了方碧晴心里迈不过去的坎。

面色通红的方碧晴，从此记住了这个多事的、幸灾乐祸的姑娘。

高中开学，方碧晴才知道，冤家路窄，竟真和她同班了。

而唐乔月，却似乎对这件事，一点印象都没有了。

唐乔月把键盘上的声控键一个个拨回底。今天的节目，圆满成功！

下到楼口，忽听人喊："杨老师！"

方碧晴从白马潭边跑过来："杨老师好，我是高二（1）班方碧晴！唐乔月的同学。"

嘴上这么说，方碧晴却一眼不看唐乔月。

"你好，你就是月考上台发言的那个嘛！很厉害呢！"

方碧晴笑了："杨老师才厉害呢。听你和唐乔月在广播里聊得风生水起，获益匪浅呀。我也报名比赛了，所以赶紧来拜师学艺！"

杨老师惊喜异常，没想到广播的效应这样显著："拜师不敢，你如果需要指导，我十分乐意帮忙。我在304办公室！"

"我还以为，你是想借录音设备。"杨老师走后，唐乔月先开口了，"后天早点来吧，一做完节目，直播间就给你。"

"不必了。"方碧晴很淡然，"你不是嫌我能力不够吗？刚刚我找好杨老师了。至于录音设备，我当然也会自己想办法的，不劳驾您。"

唐乔月忍不住："方碧晴，老这样，有意思吗？"

"怎么，让你少个麻烦还不开心？"

不等唐乔月开口，方碧晴"嗒嗒"走掉了。

"准备得怎么样了？"

晚上，方碧晴的手机里收到了李好发来的短信。

"过两天去广播站录一遍。不听一遍，不知道哪里不好！"

"稿子原创的？"李好问。

"必须！原创加分！"

"期待！一切顺利！"

"你也是。"

每次和李好聊完，或长或短，总让方碧晴心里温暖。

李好是她初中里最好的朋友。一起就读于华川中学初中部的时光，是记忆里最温柔的一段岁月了。临毕业，李好直升了本校。方碧晴放弃了一纸保证，经历中考，毫不意外地走进十字高中国际班。

也就是这样，才遇到了唐乔月。

"猜猜，我今天整理报名表的时候，看到谁的了？"

食堂里，唐乔月一边吃饭，一边捅梁琼的胳膊。

"谁？"梁琼含糊不清地问。

"你猜嘛！"唐乔月对她露出一个意味深长的笑，"嘻嘻，是许卫平。"

明明料到了答案，梁琼还是一下子脸红起来。

唐乔月一本正经地靠过去："怎么以前没告诉我你对许卫平这么……用心啊？"

梁琼翻翻白眼："你对江一楚这么用心，不也没告诉我？"

轮到唐乔月脸红了，她佯装冷静："我哪有！"

梁琼靠过来："你写给江一楚的纸条，许卫平看到了，他俩一个寝室的。"

唐乔月没话说了。这个许卫平！怎么眼这么尖？

突然，又黯然了。想到纸条，她就会想到程仲杰。

那张害她背上作弊之名的东西，明明说要去查清楚，却仍旧一点办法都没有。

时间到了星期五。傍晚的空气中，流淌着理查德·克莱德曼的《秋日私语》。

梁琼在位子上无所事事地张望，耳边突然听到一阵紊乱的电流。《秋日私语》被打断，剩下了一片静默。

唐乔月抬头，疑惑起来，黄老师今天这么早就关音乐啊。

但很快，音乐重新流淌出来，仍是先前的柔美、宁静。

唐乔月复低下头。就在这时，广播里突然出现了人声——

"喂喂？咳咳……"喇叭里传出奇怪的试音，"你好，你好，这里是十字星广播台，我是方碧晴……"

唐乔月的身体像通了电的导体，不自禁颤了一下。

"你好，喂喂，我是主播唐乔月……"

话音落，全班同学爆出一阵大笑。

"唐乔月，怎么回事呀？"同桌蒋梦瑶笑着问。

广播里再次传出了正常的声音："各位评委老师你们好，我是来自高二（1）班的方碧晴，今天演讲的题目是……"

"她在乱嚷嚷什么啊？"梁琼的疑问提醒了唐乔月。

唐乔月扔下笔，箭一般射出教室。

原来，这就是方碧晴说的"用不着麻烦你了"！唐乔月头皮一阵阵发紧。

她真是神通广大，不知道用了什么办法从黄老师那儿要到了直播间钥匙，趁没节目的傍晚，一个人胆大包天地进去试音了！很明显，她键盘操作失误，不小心把声音公放了出来，自己却毫不知情！

黄老师也真放心，由着她胡来。

唐乔月百米冲刺冲进逸夫楼，"嘭"地开门，话筒前的方碧晴被吓得尖叫起来。

唐乔月赶紧用手指"嘘嘘"，扑到键盘前，把按钮推到最底。

反应敏捷的方碧晴一下子悟到了什么，脸色从惊吓后的苍白慢慢转为了淡青色。

那是比惊吓更深的恐惧。

"……我的声音，刚刚，放出去了？"方碧晴颤着嗓子轻轻问。

唐乔月无奈地点点头。

方碧晴眼里即刻涌起泪："那全校都……"

这是唐乔月不曾料到的，强势如方碧晴，也说哭就哭？

本来想，方碧晴自作聪明，丑态曝光，活该！却没想到，女强人无助起来……

看她抽鼻子，唐乔月想安慰几句，又不知从何说起。

不知所措地站了一会儿，唐乔月双手一拍："别出声，我有办法！"

第七章 新 月

方碧晴抬起眼，看唐乔月坐定，又把公放开启：

"亲爱的同学们，今天我们加播一期简短、轻松的节目来提醒大家注意比赛报名时间。刚才播放的，是一位已经报名的同学在广播台的试音作品，我们想告诉大家，演讲其实就像我们日常的逗趣、聊天，没必要畏首畏尾。最重要的，是收获进步，收获友谊。预祝同学们取得满意的成绩！"

唐乔月把按钮推回原处。不管补救多少，她也是在告诉方碧晴，别人问起来，你就那么答好了。

方碧晴愣着脸，一语不发。

《秋日私语》仍在校园里款款淌着，仿佛真有什么悄悄话在生长、飘动。

"谢谢。"

这两个字像井底冒出的清泉，缓缓升起在无声的空气里。

方碧晴竟对她说谢谢。唐乔月笑起来："没事啦。你还练吗？我可以教你怎么用，你就不会出错了。"

"不用，"方碧晴的语气再次透出冷冷的质感，"不练了。"

"哦。"唐乔月的语气里有些失落。但方碧晴的反应，也让她安心了，果然还是她。

一时无言。唐乔月觉得这是个好时机，开口说："上次的事，我还想问你。"一边说，一边察言观色，"这次月考年级第九名的男生，程仲杰，你认识吗？"

方碧晴的身子不易察觉地晃了一下。

"其实……也没别的，本来想说，那张纸条其实是……"

"是他的？"方碧晴主动道，"你想说，是他作了弊？"

不等她说什么，方碧晴立即轻声说："我知道。"

轮到唐乔月定在原地了。

"但也不是那种……我们平常认为的作弊吧。"方碧晴说，"他成绩不错，月考好多次都进一班的。但我看到过他在考前，偷偷把一些写了知识点的纸条塞进桌板缝里。有一次，我拦住问他干什么。"

唐乔月竖着耳朵，屏息凝听。

"他居然说缺乏安全感，哪怕好多知识点已经熟记了，也想带点小抄在身上。"

唐乔月呆呆站着，一语不发。

"可不可笑，就这种心态。"方碧晴眼神里透出不屑，"所以那天月考突击检查，是我先前跟教导主任说的——算是给他一个警告！有哪次查作弊，查到一班二班来的？"

方碧晴接着道："就这个事，对比你找杨老师辅导——我只想说，别丢了自己的尊严，是尖子生，就拿出尖子生的魄力来。今天我虽感谢你，但仍希望你——别叫我失望。"

唐乔月愣住。这番话，让她如鲠在喉，却不知如何起头。

纸条的来源和用处都得到了确认。她觉得方碧晴一席话，竟比江一楚的还有分量。

最终，她只轻轻说："这次事故，出得真够及时。"

周末终于来了。可惜，天气并不好。

收伞，上楼——这就是唐乔月的周末。

这个在一栋旧办公楼里开设的英语辅导班，是华川中学某老师为辅导有意向出国的同学开设的，除了巩固语法，更注重训练口语。

唐乔月爸妈不知怎么就打听到这个很隐秘的地方。他们并没想送女儿出国，但这为她在精益求精的路上添砖加瓦也是不无裨益的。

班级招生很少，不到10人，也是迫于"禁止补课"的政策。

唐乔月英语的听、写没问题，但口语不好。照理，一个有播音才华的人，口语应该不错。唐乔月却在外语的发音上有些绕不过来——这也是她想补习的原因。

她坐下的时候，有个男生眼神晶亮地看着她。唐乔月更难为情了。

"The moon girl"，这是那个男生给她随口取的"绰号"，还真符合她呢。

第二个周末，坐在前排的还是那个男生。他安静地背对自己，认真读着什么。

"The moon girl arrived.（月亮女孩到啦）"有男生和她打招呼。

融洽的笑声从桌边传开，那个男生也回头，对她笑了一下。四目相对的瞬间，唐乔月竟有些感动。

她很自然地想起了江一楚。

那时他二话不说为她调换了桌椅，这里也有人伸出援手，助她跨过最初的那道坎。

下课以后，唐乔月大着胆子上前："你的英语好棒！"

男生笑起来："来这个补习班的，水平都不赖，以后咱们互相学习！"

唐乔月"嘿嘿"一笑："我还不知道你的名字。"

正说着，出租车来了。男生一挥手，车子就往路边靠。

"我叫你 The moon girl，你可以叫我 The good boy。"男生调皮地笑笑。

唐乔月笑了："The good boy？真能夸自己！"

男生拉开车门，说了最后一句："因为我的名字里有good——我叫李好。Moon girl，下周见啦！"

第八章　情　书

深秋的天总是黑得很快。

宿舍里，大家的兴致都不怎么高。偶尔的响声，是热水瓶塞被热气"噗"地顶开的动静。

梁琼端着脚盆从卫生间出来。

她睡上铺，平常洗脚就坐在唐乔月的床上。

她习惯性地走到唐乔月床前，突然有点慌张地转身，坐到了许文婷的床沿。

"我不是说过不要坐我的床啊！"许文婷娇气地喊。

"我很快的！"梁琼尴尬地应付。

许文婷又笑又叫地推开梁琼："你快点快点，我要睡了。"

梁琼一连声答应，表情有点僵。

梁琼低头，偷偷按着手机。她假装专心致志地在写短信，却只是很简短的一句话——

"预赛明天就开始，祝你顺利入围！"

她不抬头，是不想让自己的目光和唐乔月相触。

那根微妙的弦，静止在空气里。谁也不去碰，一碰，就要发出巨大的声响。

"好了没有啊！"许文婷有点恼，对梁琼不管不顾地推了一下，"还玩手机啊你！"

慌忙间，手机从指间滑落下去。

还好梁琼眼疾手快，抓住了。差点掉进水里了！

许文婷看到了这一幕，只用被子蒙起脸，怒道："谁让你这么慢！"

梁琼感到脑子里"嗡"地腾起一群蜜蜂，她用最快的速度擦干脚，走进卫生间。里面传出巨大的冲水声。

唐乔月什么都看见了，什么都没说。

那条短信是写给许卫平的。

可直到梁琼的心变得和屏幕一样寂如死水，手机也没有活过来的迹象。

他睡下了吧。梁琼失落地想。

很多次她给许卫平发短信，许卫平都回以长久的沉默。

将睡未睡的蒙眬中，手机突然一阵律动。浅薄睡意如一粒水泡，猛地爆破了。

她激动地点开未读信息——

"别气了，明天一起吃午饭吧。"

活蹦乱跳的心，又跌进了夜里。

是唐乔月。

和唐乔月冷战有三天了。

那次唐乔月在广播里替方碧晴解围，梁琼听到了。她不明白，怎么短短几分钟，就和方碧晴相亲相爱了？

大家都不傻，广播里唐乔月是给方碧晴台阶下。

"她装可怜，你就心软了？"梁琼气鼓鼓地问。

"她人其实并不坏，只是太争强好胜了……"

"当初在走廊把你说得那么难堪的是谁？事事要跟你作对的是谁？"想到自己跟方碧晴因为听广播的事儿差点动手，梁琼更觉委屈，"她就活该出丑！你竟然还帮她！你简直……

犯贱！"

梁琼为自己悲哀。

盯了一阵屏幕，她点击唐乔月的道歉短信，删除。

光亮很快消失了。

李好一屁股坐到魏书林的床上："过几天就初赛了，你的演讲稿子也不给我看看。"

"机密资料，说看就看？"魏书林合上电脑，隔绝了李好试图张望的眼睛。

李好仍抗议："你能参加比赛，还不是我的功劳？"

魏书林哈哈大笑："当初你自作主张把我骗进来，居然还有脸邀功。"说着，翻出一个白眼，"再者，要知道方碧晴也参赛，我还用得着你怂恿？"

李好掐住了魏书林的脖子："你可别告诉她，是我跟你说的啊。"

魏书林大手一挥："只要你从我床上离开，我就考虑你的建议！"

"各位老师、同学，这里是十字星广播台。再过半个小时，演讲比赛的校内初赛就要开始了。地点是逸夫楼四楼的多媒体声控教室，所有报名的同学请提前 15 分钟到场……"

唐乔月播报完毕，出门，朝楼下跑。还没跨完阶梯，熟悉的声线从走廊拐角传来——

"……原来你也参赛了。看来今晚的竞争很激烈啊。"

唐乔月心头一惊——是方碧晴的声音！

"我就来试试，要不是唐乔月提醒我，我还没有参赛的念头。"

答话的是江一楚。唐乔月把耳朵竖起。

"看得出，你和唐乔月关系不错——认识好久了吧？"

"倒没有……上回月考才认识的。"

"你别怪我八卦。"方碧晴语气轻快地问，"那天你来我们教室找唐乔月，走廊上你要递给她的那封信是不是情书？"

话一出口，江一楚的神色猛地一滞，躲在拐角的唐乔月也跟着悬起了心。

唐乔月觉得心跳的声音像擂鼓，慢慢变重、变响。

"你误会了！"江一楚语气透着焦虑，"我对唐乔月，怎么会嘛！"

这话像一阵风，把站在拐角的唐乔月吹得浑身都凉透了。

"那是……"江一楚竟结巴起来，仿佛这种猜想对他是一种很大的羞辱。

"你真有意思！"方碧晴不加掩饰地笑起来，"我随口一说，你看你紧张的！我倒觉得，有勇气跟喜欢的人告白，那可比赢了比赛还厉害。演讲稿，毕竟是表演的产物。情书里的话，则句句属实，只说给一个人听，写过一遍，没有第二遍，很珍贵的。"

江一楚点点头，尴尬地笑着。

唐乔月做贼似的往楼上跑，惊惧难耐。

比赛很快就要开始了，她没有时间让自己去放大那些多余的情绪……

可是心底，某几根把她死死拉住的琴弦，还是断开了，让人有失重的眩晕。

她深呼吸，拿出稿纸，整顿好表情。忍住胸口的一阵阵酸凉，从容走下一级级台阶。

"各位老师晚上好，我是来自高二（1）班的方碧晴，今天演讲的题目是……"

紧闭着门，也可以隐约听到隔壁传来方碧晴中气十足的演讲。在方碧晴演讲的几分钟里，所有人都在空教室等待。一向镇定的唐乔月，却感觉有些焦灼。

她摇摇头，回望坐在后面的江一楚。他埋头背着稿，专心致志。

之前，她假装自在地和他打了个招呼。不知是不是因为方碧晴在场，江一楚对她的回应没有以往的热切了，那声"是你啊"也充满了敷衍了事的色彩。

这让唐乔月的心悄悄痛了一下。

"下一个。"不及多想，方碧晴的声音就从门口传来。

唐乔月抬头，和方碧晴的目光相撞。

她刹那间记起，月考的那次，也是这样。她和她在后门处四目相对，交接的目光如同嗞嗞作响的电流，要迸出火星。然后，她被"逐出"一班，方碧晴则留了下来。

这次，会不会悲剧重演？

唐乔月打了个寒战，匆匆朝门外走去。

第九章 告 密

上午，李好一下扑到魏书林的桌上："可以啊！还真说进就进，平时也没见你准备啊。"

魏书林却像早已料到结果般不疾不徐："比赛看得又不是平时，场上发挥胜过一切。"

李好苦笑："方碧晴也进复赛了……"

魏书林坏笑起来，圆圆的脸上堆起两团肉："好久没见，很是想念。"

李好收敛笑容，隐隐有些紧张："你见好就收，别像初中那么过火了。"

初三那年的班会课，方碧晴主持。

"段宏！你也来呗！"

听方碧晴主动邀请段宏，魏书林也赶忙举手："我也来！"

他知道方碧晴葫芦里卖的什么药。

那段日子，她没有刻意和段宏保持距离，跟他像好朋友一样一起探讨习题……但她的"润物无声"，眼尖的魏书林早就看穿了。

游戏是抢凳子。不出一分钟，魏书林就输了——当然是故意的。

输掉的要表演节目。魏书林站在教室中央，拿出一张纸，读了起来："……你是个很优秀的女孩，你的自信、干练让我心动。但这是对强者的欣赏，并不包含你说的那种……"

段宏站在下面脸红成一片，他尴尬地望着方碧晴。同宿舍的魏书林，竟把他的信拿了出来！

方碧晴站在原地，几欲晕倒——

这算什么？段宏拒绝了她？等了好多天的答案，竟被笑话一样当众念了出来？

方碧晴强颜欢笑地打断魏书林："好了，我们继续……"

在游戏里欢笑，把泪水憋到铃声响起。

真没想到，方碧晴也会哭呢……

事后想，自己也全非恶意——不过想剥掉她身上的那层硬壳：冷森森的、争强好胜、急功近利。她怎么目的性这么强啊？不得第一就不做人啦？魏书林最看不惯这种架势了。用他的话说，就是"装"。

"我知道，这次是正式比赛，我不会乱来。"魏书林白了李好一眼，"不过，如果方碧晴知道要跟我同台 PK……还真是期待她的表情呢！"

上课铃如湍湍流水，把所有栖息在走廊的人卷进了教室。

陈启军老师从前门进来，把教案往桌上一扔，刺耳的声响让空气瞬间旋紧。

"许文婷，你站起来。"许久的沉默后，陈老师点名。

陈老师拎起一页纸："上午卫生检查，你的柜子里查到一张电热毯和一个电吹风。我们这个月的流动红旗不用想了。"

许文婷的脸白得像张纸，一句话也说不出。

许文婷娇滴滴的性子，同宿舍的都知道。床不许别人坐，书不许别人拿，打来的热水绝不许借用一点点……

明令禁止的情况下，她还坚持把吹风机带到学校。东西藏在储物柜，阿姨一般查不到，躲过一劫又一劫，今天终究东窗事发。

"你丢了班级卫生分，罚一个月值日，再写一份检讨，这周班会课念给大家听。"

许文婷的眼眶红了。

讲台上的陈老师依然语调冰冷："抽背《五人墓碑记》，背不出的课后抄五遍……"

"……我感觉，班主任之前一定遇到了什么烦心的事。舍友呢正好撞在了枪口上，不然他不会在大庭广众下让同学难堪。"

"幸亏我没遇上你们老师，我的床铺要多乱有多乱！"

"井底之蛙"迅速回复。

"很奇怪，阿姨从来不看我们的柜子，这次怎么……"

"若想人不知，除非己莫为。做了坏事，就得做好被抓的准备。"

"我们平常还经常借她的吹风机，但现在只她一人受罚……"

"所以我向来说，学校里那套死板的规矩简直不可理喻。凭什么要查寝室卫生？她们根本是举着'检查'的鸡毛，大挥'侵权'的令箭！"

"32个赞！检查是虚，侵权是实。阿姨很少翻我们的柜子，这次真的过分了。"

"以后小心点。这次一定是接到了指令，才会有目的、有方向地彻查。"

唐乔月心头一惊。

为了减轻心中的"负罪感"，第二天中午，唐乔月帮许文婷一起倒了垃圾，又一起吃了饭。

走出食堂，唐乔月一眼看到梁琼和许卫平。

她让许文婷先走，主动上前招呼："你们也吃过啦？"

"刚还说起你呢，"许卫平答，"恭喜你入围复赛。这周好好加油！"

唐乔月喜出望外："你也很棒！辩论赛时的口才让我印象很深！"

两个人互相客套着。梁琼仍保持沉默，突然一转身："我先走了。"

唐乔月一把拉住梁琼："有必要吗？"

梁琼顿了顿："你和方碧晴，是不是真成了好朋友？"

唐乔月哭笑不得："什么啊。"

"但你和方碧晴，还有江一楚，一起联手把许卫平挤掉了！"

唐乔月望望许卫平，震惊："什么……"

"我看，你和方碧晴其实是一样的人。为了达到目的，什么事都做得出来。许卫平的水平不比你差啊，为什么你进了，他没进？"

唐乔月拉着梁琼的手垂下来，感到心里有什么很珍贵的东西塌掉了："梁琼，你要这样无理取闹，我无话可说。"说完，转身离去。

"为了达到目的，什么事都做得出来……"难道梁琼觉得，她入围是依靠什么不正常手段吗？太好笑了，就算你在意许卫平，也不能这样口不择言吧。唐乔月鼻子一阵发酸。

在唐乔月转身的一刹那，梁琼心底也一阵冰凉。许卫平参赛失利，信心受挫，有大部分原因跟她有关啊！是她怂恿他去参赛的！

刚才许卫平和唐乔月聊得欢，梁琼却看得出许卫平心底的不甘。

凉风扑面，梁琼的心像掉进冰窟。

周五上午，阳光明媚。

上车前，唐乔月又检查一遍背包，确认一样不缺后才放下心。

方碧晴和江一楚已就座。两个人正笑着交谈。看到唐乔月来，都客气地招呼一声。

初赛那晚后，唐乔月明显感到江一楚对自己立起一道无形的墙。她没法像以前那样自在地跟他聊天了。

江一楚似乎也很乐意与她保持这段距离。

她假装自然地跟他们笑笑，自觉地坐到后面，独自欣赏风景。

耳边还不时传来方碧晴和江一楚的交谈。唐乔月问自己：她这样付出，到底是收获多，还是失去多？

正出神，书包里的手机传来震动。是许文婷的短信：比赛加油！等你凯旋！

感慨万千，这样的短信，该梁琼发给她才对啊！

想到这里，她低下头，打了几个字。回头看，梁琼此刻坐在教室里。她的手机一般藏在枕头下。现在发信息过去，她中午或晚上就会看见。

她想了想，按下发送——

"许文婷的东西被查，是不是你跟阿姨告的密？"

发动机一声轰鸣，校车载着各怀心事的几个人，朝华川中学一路驶去。

第十章 困 境

车子从华川中学西门驶入，古旧的宿舍区映入眼帘。

十字中学因林立的西式建筑倍显国际化，华川中学则因满目的旧时楼宇处处透出历史的气息。

"这一片原先不属于学校，扩建的时候被划了进来，专给一些借读生、国际生住宿。"

在这里度过三年的方碧晴向大家介绍道。

"我差点忘了这是你母校呢。"陈老师笑起来，"那队长的任务就交给你啦！"

"队长？"方碧晴疑惑地眨眨眼睛，语气里却有惊喜。

"是啊。我不在的时候，江一楚和唐乔月就由你负责一下。"陈老师打开一张纸，"今天报到。明天上午是各校代表见面会，下午开始比赛，后天上午结束，结果在当天下午公布。你们若自主行动，先跟方碧晴通个气。当然，尽量少行动。"

方碧晴"噗"地一笑。

陈老师问："没问题吧？"

方碧晴看看江一楚，再看看唐乔月，响亮地答："当然，没问题！"

上楼，开门。

宿舍从原先的居民住宅改装而来，三室一厅的格局让方、唐、江都能自在地起居。

房间设施整洁，床、桌子、凳子都很新。唐乔月走进其中一间，窗外是参天梧桐。深秋，满地落叶，油彩一般迷人。

住在这样的地方，真是一种享受。

"这间是我的了。"方碧晴在身后放下书包，"我睡眠质量不好。北边的房间靠操场，我容易醒。这间给我可以吧？"

唐乔月抿抿嘴，瞥见了这个房间自带的卫生间，而另外两个房间自然就要共用客厅的那个。唐乔月会心一笑，也不说什么，听话地走了出来。换到隔壁，倒和江一楚住得近了。

"嗨。"唐乔月看江一楚正在整理，敲敲门进去，"还没来得及问问你，演讲稿写了些什么？一定是篇质量上乘的美文吧。"

"过奖啦，"江一楚挠挠头，"其实，我都没什么演讲经验。"

"你又谦虚啦。"唐乔月笑，"介意给我看看你的稿子吗？是不是刚刚塞进去了？"她倒也不是多么想看，只想借此跟他多说点话。

江一楚口里"嗯"了几声，身子仍一动不动。看神情，仿佛并不乐意。

　　她马上转口："你也是第一次来华川中学？要不要晚上一起去逛逛校园？"

　　"猜猜我现在哪？"唐乔月在网上给"井底之蛙"留言。

　　"我们学校呗。这周末比赛，可不人尽皆知吗。""井底之蛙"语气轻快。

　　"我住在西边宿舍，离你近吗？要不要见个面？晚上太无聊了。"

　　"我的个乖乖！你一个女孩子，就这么放心跟一个网友见面？"

　　"看来你不愿意。"

　　"距离产生美嘛！"

　　"你会去看后天的比赛吗？"唐乔月试探着问了句。

　　"看缘分啦！"对方给出一个虚实难辨的答案。

　　"你还真是神秘。那行，祝我好运吧！"

　　"她什么时候来？"魏书林一边打字，一边问李好。

　　"吃了晚饭，等他们老师开会去了就来。"

　　"约在哪？"

　　"老地方呗。"李好轻松地答，"不过最近严了，月亮湾那儿的铁门关得很早。"

"如果你和方碧晴不幸被关在了里面，就打电话给我。我赶过去，笑上十分钟再走。"

李好白了他一眼："说正经的，你今天真不打算见她？"

"不见！"魏书林大手一挥，"明天现场见，才真正叫 big surprise（大大的惊喜）！你今天绝不能告诉她我也参赛了啊！"

清冷的夜空里悬着一轮明晃晃的月亮。月色下的华川中学因为有了诸多参天大树的陪衬，更多了一丝神秘。

"谢谢你愿意陪我出来。"唐乔月说。

"不谢……"江一楚在一旁，"只是方碧晴爱开玩笑，我怕她又要误会。"

"你就那么在意她的话？"唐乔月语气里透着无奈，"你看她，说好今晚全体不许外出。结果她关上门，一点动静都没有。很明显，她自己偷偷跑出去了啊！说一套做一套的人。"

"陈老师要知道我们三个都溜出来了……"

"我们赶在他开完会之前回去就行了嘛。"唐乔月轻松地说。

江一楚似乎找不到理由了。一阵突兀的沉默横亘在两人之间。

唐乔月终于鼓起勇气："江一楚，你是不是觉得跟我走得太近，破坏了你的形象？"

"啊？"江一楚惊讶地看过来，"不不，我只是……"舌头又有些打结了，他看着唐乔月清澈的眼睛，最终投降般承认，"是因为……"

"因为什么？"

江一楚没来得及开口，忽然被唐乔月拉到一旁的梧桐树后面躲起来。远处，是一男一女站在月亮湾边交谈。

"好像是方碧晴啊。"唐乔月探着身体，"真是她！那个男的怎么这么眼熟……"

"我们这样偷看不太好吧……"江一楚说着要往外走。

"别！"唐乔月语气里透着兴奋，"不让我们来，自己却偷偷来，八成有鬼！"

江一楚苦笑着摇头。

忽然听到唐乔月催促："他们走了！等他们走远一点，我们就追上去！"

看唐乔月小心翼翼、全神贯注的样子，江一楚想阻止，还是选择了闭嘴。

直到蹑手蹑脚走到了方碧晴的位置，江一楚听到了唐乔月的惊叫——

"糟了！"唐乔月双手攀着铁门，"我们被关在里面了！"

就在唐乔月发出惊呼的一刻，十字高中的宿舍里，梁琼正盯着手机发呆。

唐乔月发给她的短信她中午就看到了。从许文婷的表现来看，似乎对这件事还不知情。

陈老师不在，心神不宁的梁琼索性放弃晚自习，提早回来。此刻，她正等着许卫平的回复。

一如往常，许卫平的短信迟迟不来。

梁琼只好反复读着已发信息："唐乔月好像知道是我揭发了许文婷。我照你说的做的，匿名举报、笔迹潦草，不该被发现啊。"

梁琼感到一阵深深的无助。唐乔月会在舍友面前曝光她吗？

曾经，她确信她不会。而今，自己那样羞辱过她，现在又收到这种不知算威胁还是算警告的短信……她们之间，还有情分吗？

想到这，梁琼心一横，迅速翻出唐乔月的号码，一键拨过去。

一个毫无感情色彩的女声响起："您拨打的用户正在通话中，请稍后再拨……"

不甘心，再试。仍是通话中……

就在这时，她看到屏幕上显示新短信提醒——是许卫平！

"打死不承认就好。反正她没有证据！你若实在担心，就去阿姨那里找到你的检举信，销毁了就没事了！"

梁琼握紧手机，眼睛一眨不眨地读了两遍，狂跳的心渐渐平静下来。

——还是许卫平有办法啊！

她停顿几秒，不假思索打下几个字，发给了唐乔月："是我揭发的。你想怎么样？"

第十一章　登　台

昏黄灯影里，一片金色的梧桐叶从枝端飘落。

深秋了，六点的天还是黑漆漆一片。江一楚却裹紧衣服，心事重重地坐起来。天色渐明，光秃秃的梧桐如一幅水墨，由淡而浓地从宣纸般广阔的天空上显影成形。

多么清幽、宁静的时刻啊！陈老师的话语却像霹雳，仍在耳边回响：

"……你们俩怎么会被锁在那儿？你们出去之前，都不跟方碧晴通报？刚来半天，就跑去人家保卫处叫人开门。怎么，比赛稳了吗？……"

面对陈老师的连声批评，唐乔月脖子一伸，想喊："方碧晴自己也……"

但她感到衣襟上传来一股小小的拉力，是江一楚在暗示：别回嘴，别说话。

唐乔月明白了他的意思。毕竟，是方碧晴叫人来帮忙开门，我们才得以出来的。

她只好低头，悻悻地接受思想教育。

几十分钟前——也就是梁琼无法打通唐乔月手机的时候——方碧晴的声音正劈头盖脸地从话筒里扑来："陈老师回来了，你和江一楚到底在哪里？！"

唐乔月回头对江一楚苦笑了一下："我们被锁在……"

"幸亏保卫处的老师还认得我，"方碧晴插嘴，"陈老师别生气，也怪我没看紧他们……"

唐乔月白了她一眼：真能演啊，我们俩会被锁，还不是因为跟踪你。

陈老师刚走，江一楚就进了自己房间，再没出来。

"你看你，把人家江一楚害的。"方碧晴语带嘲笑地说。

唐乔月换上了鄙夷的神情："你自己不也出去了？"

"我是出去了，"方碧晴不慌不忙道，"我出去见同学，初中的好朋友。"

"那你怎么不跟老师承认。哦，许自己去，不许我们去？"

方碧晴笑起来："你看你，自己被抓，我没被抓，心里不舒服了吧？谁让你自己瞎逛不注意时间，我可是赶在陈老师之前回来的。"

唐乔月气得想顶嘴，方碧晴往后一退："行啦行啦，早点睡觉。"

麻利地把门一关，客厅里只剩唐乔月一人了。

突如其来的安静让她有点不习惯，空落落的孤单像一株植物，从脚底长到了头顶。

其实，她倒希望方碧晴再顶她几句。这样，心里的烦闷也可以暂时靠边——

她摸出手机，重读了一遍梁琼发来的短信，一句话都说不出来。

深秋的阳光透着稀薄的温暖，铺洒在大礼堂前的柏油路上。

举目望去，人头攒动。场内的椅子上已贴好了粉色的姓名牌。

方碧晴率先冲下阶梯。她眼珠转动，一路扫着纸片上的姓名，脸上透着小小的兴奋。

也就她能一直亢奋了。唐乔月赌气地想。这种人，一到能跟人一较高下的场合，就跟打了鸡血似的浑身发光。

自己也得打起精神来啊！不论有多心烦，也要努力赢过方碧晴!

默默抬头,发现方碧晴已在某个位子前凝住。

三个人来到方碧晴身边,方碧晴才如梦初醒般反应过来:"啊,不是这里,不是这里,还没找到呢……"

"那你怎么不动了?"唐乔月问,她这才发觉方碧晴神色异样,眼神都冷了下来。

"怎么啦……"唐乔月嘀咕。低头看去,那个座位贴的纸片上写着一个她很陌生的名字:魏书林。

各色人员从礼堂正门陆续进来。

偌大的空间,很快被挤挤挨挨的人头填充。已经坐下的方碧晴正死死盯着入口处。

相比知道魏书林也会出现的震惊,更令方碧晴生气的是李好——昨晚见面,李好对此只字未提!他会不知道?他肯定知道!

当然了,方碧晴暗想,也难保,高中部有人跟魏书林重名。虽然这样特别的名字,可能性微乎其微。可魏书林这种人,怎么会有兴趣参加演讲比赛?会不会真是自己多心了呢?

她换了一个舒服的坐姿,让自己放松一些。

"我先去个厕所。"唐乔月在一旁起身,示意方碧晴让让。

方碧晴没好气地挪着双腿:"就你事多!"

"我又怎么啦？"唐乔月不明白，前一秒还生龙活虎的方碧晴，怎么说变脸就变脸。

唐乔月刚从面前移开，方碧晴的视线里就多了两个身影。

李好和魏书林一前一后从门外进来，脸上挂着她熟悉的笑容。

方碧晴直愣愣盯着，一动不动，软绵绵的脊椎"腾"一下绷直——

真的是他们！

李好还没看见她，是魏书林热情地喊了声"方碧晴！"

喊得李好和方碧晴都微微一震。

"好久不见啊！"魏书林毫无怯意，和方碧晴自在地挥挥手。

李好反应过来，立刻堆起笑："你在这儿啊！"

注意到方碧晴冷森森的面孔，李好的笑有些勉强了："你今天下午比，还是明天上午？"他故作镇定地找了一个昨晚就问过的问题，却不被待见。

只见方碧晴指指魏书林，开门见山："他……什么时候比？"

"我？"魏书林指指自己，"我明天上午啊！正好在你前面。要不怎么说，有缘千里来相会。"

"你故意瞒我？"方碧晴并不理他，只看李好，声音里有失望和愤怒。

"这怎么叫瞒呢？这叫额外的惊喜！"魏书林脸上仍笑嘻嘻的，"没有这比赛，我们三个还没法见面呢！"

方碧晴正要发作，身后突然传来一个雀跃的声音："怎么是你？"

几个人纷纷回头，从卫生间回来的唐乔月一脸惊喜地盯着李好："李好？ The good boy？"

李好睁大了眼睛："The moon girl？"

众人都还没明白过来，唐乔月就已经在那儿拼命点头了。

方碧晴原本冰冷的脸，愈发阴沉。

"原来你的好朋友，就是他啊。"唐乔月坐在方碧晴身边，悄悄说。

台上，李好正侃侃而谈："……很荣幸代表所有参赛选手在开幕式上……"

方碧晴盯着台上的李好，沉默。

"我有点明白你为什么那么要强了，你的朋友都好厉害啊。"

这番话是真心的。可说了许多，方碧晴的脸却像涂了石膏，仍无起色。

唐乔月并不泄气："难怪昨晚和你在一起的男生有点眼

熟，原来……"

没讲完，唐乔月的手就被方碧晴抓住了："你和李好怎么认识的？还有，你俩互称对方什么？"

"你先放手。"痛感丝丝缕缕传到手腕上，唐乔月的怒火开始在胸中积攒，"我们俩叫什么，跟你有关系吗？"

耳边突然传来潮水般的掌声。

"祝我们赛出友谊，赛出成绩！"这是李好发言的最后一句。

方碧晴撒开了唐乔月的手，冷冰冰地望向李好："赛出友谊？我再也想不出比'赛出友谊'更可笑的话了！"

下午两点，比赛正式开始。

第一个上台的男生选了一篇历史散文。高潮处，他把"民族的脊梁"这类字眼用几乎扯断声带的响度吼出来。不鼓掌也太对不起这十二分的劲道了。

第二个上台的女生水准平平，并不出彩。

这多少也给了江一楚一点信心。

——到他了。

等主持人报完幕，在唐乔月暗暗的加油声里，江一楚上台。

他步履稳健，体态标正，在话筒前站定，环视了一遍密密麻麻的人群，目光定格在陈启军老师的脸上。

唐乔月也定定看着他，眼神亮如明星。

低沉、磁性的男音很快从扩音器里稳稳流淌而来——

"这篇文章，献给我的父亲。"

这篇文章，献给我的父亲。

此刻，我独自站在人群中央。眼里，却只剩父亲的一对耳朵。

父亲，你在听我讲吗？

和你的冷战持续半月有余了。

你骗我说和母亲只是分居，并未离异——而事实上，藏在抽屉里的离婚证书早已将真相曝光。

我倒希望，这段时间，越久越好。因为谎言化为真相的关键，就是时间。

那天，我当着你的面，不顾你为人师长的身份，对一位学生的母亲说："阿姨，我爸爸离异了。您要是单身，不如考虑考虑他。"

……

话到这里，底下滚过一阵嗡嗡的惊叹——

从气氛到内容，从情绪到手势，这演讲，也太……劲爆了吧！

唐乔月不知不觉听傻了，没有发现身侧的陈启军老师已经绷直了背，嘴角微抽。

被惊诧和屈辱填充的身体，僵硬得像一根木头。

第十二章 遇 见

这篇文章，献给我的父亲。

此刻，我独自站在人群中央。眼里，却只剩父亲的一对耳朵。

父亲，你在听我讲吗？

和你的冷战持续半月有余了。

你骗我说你和母亲只是分居，并未离异——而事实上，藏在抽屉里的离婚证书早已将真相曝光。

我倒希望，这段时间，越久越好。因为谎言化为真相的关键，就是时间。

那天，我当着你的面，不顾你为人师长的身份，对一位学生的母亲说："阿姨，我爸爸离异了。您要是单身，不如考虑考虑他。"

你身为语文老师，总喜欢重复博尔赫斯的名言——生活比小说更充满戏剧性。

我带着报复般的快感想，现在生活的戏剧性降临了。

母亲告诉我，离开你，是因为你和学生家长发生了暧昧。

这样的戏剧性袭击我的时候，我只能四肢瘫痪般待在原地。

父亲，我常常问自己，应该恨你，还是一如既往地爱你？

你说一句，我顶一句；学校里见你，不闻不问；回到家看你，横眉冷对。故意找你的茬，让你难堪，故意让你承受额外的痛楚。似乎这样，就替母亲报了仇了。

直到那晚，我突然看到，虚掩的房门里，你摘下眼镜，正轻轻擦拭着眼角。

那声轻微的抽泣，微妙地击中了我的心房——你，竟然偷偷在哭？

客厅的灯光白得令我眩晕：我是不是在所谓的仇恨中，不清不楚地麻痹了自己。在恶性循环中品味虚拟的胜利，在两败俱伤中获得毒瘾般的快感。

父亲，我好累。

像戒毒者断了药。灰色的清醒，像一座自制的坟墓。里面，埋着我所有的纯真。

你是不是也跟我一样，突然之间，觉得好累？

累得几乎忘记为什么，会演变成今天的你与我。

我此刻独自站在人群中央，眼里，只剩你的一对耳朵。我很想问问你——你还愿意给我一个一如往常的拥抱吗？

阳光，依旧。

华川中学的大礼堂里，鸦雀无声。

底下密密挨挨的人头仿佛一个个静止的保龄球，只有时间从上面轻轻跨过。

江一楚讲完最后一句，朝陈启军老师的方向伸出双手，做了一个渴望拥抱的姿势。

姿势定格，尾音在扩音器里袅袅散尽。

唐乔月愣愣坐在位子上，眼里光芒剧闪。

方碧晴定定坐在位子上，嘴唇紧抿。

陈启军老师坐在位子上，纹丝不动，面若冰霜。

是魏书林先轻轻说了一句："他这稿子……"接着机械地拍了拍手。

掌声在礼堂内响起，洪水般淹没整个大礼堂。

江一楚有些恍惚——讲完了吗？

他在学校里很多次因为作文出色被陈老师大加赞赏，心里对他有着恩师般的尊重。这才一时灵感突发，擅自挪用信件，为父子间难以启齿的深情做一次牵线。

之前在学校排练时，他都是用的假稿子骗过了老师。

他痴痴地看着陈老师，忽然觉察到一丝异样。陈老师坐在位子上，一动不动。没有起立，没有鼓掌，只有隔得很远也能感受到的，那两束慑人的目光！

好像在说——江一楚，你刚刚到底在说些什么？！

江一楚的心，瞬间跌到了谷底。

"感谢江一楚同学声情并茂的演讲……"主持人上台，"我看到有同学起立了，不如我趁此进行一个简短的采访。江同学，你是如何想到要写这样一篇演讲稿的？"

主持人把话筒递过来，江一楚的喉咙仿佛被浓痰堵住，一个字也说不出。

安静的礼堂里，有一个人从最后一排站起来，一言不发地从礼堂正门走了出去。

江一楚的脸白成一张纸，仿佛遇见了鬼魂。忽然转身飞奔下台，从前门追出去……

"……看来江同学还沉浸在刚才的气氛里没有出来，"主持人尴尬地为自己圆场，"那行，有请下一位选手……"

冲出礼堂的江一楚朝着那个熟悉的背影大喊："陈澈！等一等！"

云很淡，天空洁净。柔柔月光洒落，罩着草坪上两个并肩而坐的身影。

唐乔月说："世界真的好小！"

"这就是'六度分隔理论'的伟大呀！"看唐乔月露出疑惑的神情，李好笑着解释，"米尔格兰姆1967年就提出了，一个人平均通过六个朋友，就可以和世界上任何一个人发生联系。所以，世界确实是很小的。"

唐乔月笑起来："见多识广、多才多艺……难怪方碧晴跟你是好朋友。"

"我发现你……"李好眨眨眼，"喜欢夸人，尤其夸我。"

"对厉害的人，我一向都佩服的。"唐乔月红着脸说，"方碧晴除外……"

"方碧晴她……性子硬，人还是好的。"李好替方碧晴解释，"而且，她也不是你想的那么厉害。她也有克星的。"李好对着天空微微一叹，"还记得今天在礼堂见面的时候，站在我旁边胖墩墩的男生吗？他就是方碧晴的克星。"

"啊？"

"我和魏书林从小一起长大。"李好挠挠头，"魏书林有计算机特长，是华川中学里唯一一个可以不上课而去专心编程、参加国际竞赛的人。"李好的语气里有一种淡淡的自豪，"大概就是太聪明，所以有些想法跟普通人不一样。他常说，人脑不过是一个特别复杂的程序。他不想做计算机一样只会输入、输出的机器人……"

唐乔月猛地想起，"井底之蛙"也对她说过类似的话。看来计算机水平高的人，很多观点都会不谋而合。

"魏书林特别喜欢捉弄方碧晴。他觉得方碧晴的要强，都是死板的学习惯性造成的，她却还要装清高，不可一世。"

李好无奈地撇撇嘴，"夹在他们之间，辛苦的是我啊。"

难怪今天的姓名牌让方碧晴待在原地，唐乔月笑起来。

"说说你吧。"李好换了一个坐姿，"今天上台的江一楚，是你们学校的吧，真够厉害。你明天有信心吗？"

"还说呢，"唐乔月垂下头，"他以情取胜。相比之下，我的稿子实在苍白。"

"要不我们互相改改？也算切磋学习了！"李好说着，从口袋里掏出了自己的稿子。

唐乔月兴奋道："最好不过了！"

回到宿舍已经八点半。

这次见面着实意义非凡。李好替她的稿子又润色了许多地方。她看着李好隽秀的笔迹，连连称赞。

她心情愉快地打开宿舍门。客厅里灯光明亮。

方碧晴坐在凳子上，阴着一张脸。

唐乔月身子一凛："你怎么……在这儿？"

第十三章 演 讲

唐乔月想了想，柔声低气："对不起嘛！我又擅自行动，没跟你汇报。不过我今天不是去闲逛，我找灵感，改稿子去了……"唐乔月晃晃手里的稿纸，"今天江一楚表现这么好，我们明天也要加油呢！"

"是啊。"方碧晴的语气里透出嘲讽，"非得和李好一起，才能找灵感、改稿子！"

唐乔月勉力维系的笑很快消失了："你既然知道，还装什么傻。我是下楼去吃饭的时候碰巧遇到李好的。"

"碰巧？"方碧晴的声音高了几度，"真巧啊。什么事到你这儿有不巧的时候？"

"莫名其妙。"唐乔月想发作，还是克制道，"我不想跟你吵。"

"不许走。"方碧晴一步上前，夺走了唐乔月手里的稿纸。

唐乔月低呼一声，方碧晴却已打开在看了——

《于黑白处画彩虹》。

这是方碧晴第一次看到唐乔月的演讲稿。稿件内容是中规中矩的正能量型，内容经批改，中英文夹杂，以 moon 为切入点，对应唐乔月的名字。将 moon 中的两个字母 o 形象地比作一对眼睛：只要擦亮眼睛，点亮 moonlight，漆黑的天幕也就有了光明的出口，描绘彩虹也自然有了可能……寓形寓意，前后呼应，比原来更加完整流畅。

方碧晴看得入神。这些熟悉的字体，像几年前，李好和她一同探讨习题的笔迹。

方碧晴看着这些用心良苦的改动，鼻子有些酸。

明明她还在生李好的气啊！可他却当作没事人，跟别的女生有说有笑，还给她改稿子！

李好也完全没有要跟她解释，他和唐乔月之间的友谊——也可能是超越友谊的某种关系——到底是怎么来的。

方碧晴忍住了哽在喉头的难过，一字一顿："唐乔月，你真是不要脸。"

唐乔月像被惊雷劈中："……什么？"

"不要脸，你不要脸！"方碧晴的情绪有些失控，"你真是用心险恶。知道我和李好今天闹矛盾，就趁机插到我们中间来。我不知道你怎么跟李好认识的。但我告诉你，你别想用这种方式抢走我的朋友！"方碧晴把唐乔月的稿纸捏在手心，揉成了团，"你跟江一楚搞暧昧，我一点都不想说你。到了这里，还跟我最好的朋友走那么近，你以为你是什么东西？以为自己八面玲珑、左右逢源是吗？我呸！告诉你，在我眼里，你不过就是不要脸！"

说完一长串，方碧晴颤身吸气，眼角通红。

今天吃晚饭前，她给李好发了条短信：魏书林参赛，你竟然真的瞒着我！

李好很快回电话了。方碧晴按掉，不接。

她这边还在跟他怄气，他碰到唐乔月，就没事人似的一起去吃饭了。

路过"老地方"，还看见唐乔月和他并肩而坐。两人交头接耳，谈笑风生，互换稿纸……呵，真是令人感动的"革命友谊"啊！

客厅里，寂静无声。

唐乔月身后的房门紧闭——是江一楚的房间。按理说，方碧晴刚刚那样的声响，江一楚该听见了。但江一楚却完全没有要出门的意思。

唐乔月的眼睛也红了，许久许久才吐出一句："谁不要脸？你才不要脸！神经病。"冲上前，试图把稿纸夺回来。

唐乔月咬牙去掰开方碧晴的手指，方碧晴则用蛮力把唐乔月往后推。

两个人在推搡中还撞到了房门。

都这样了，唐乔月以为江一楚一定会开门看看到底发生了什么事。至少可以出来劝个架。

但在一片诡异的寂静中，江一楚却消失了般，始终没有现身。

真是漫长的一夜啊。

清晨下楼，空气里盈着细细的雨丝，把低哀的心情衬得更加鲜明。

唐乔月看着陈老师和方碧晴，挤出一个笑："早啊，陈老师。"

她当方碧晴不存在，四处打量道："江一楚还没来？我去叫他一声。"

"不用了，他今天不来。"陈老师淡而又淡地说，"他身体不舒服，今天上午不出席了。"

昨天江一楚表现那么好，都不见陈老师有一丝笑影。

唐乔月担心地想，原来江一楚昨晚避而不见是生病了啊。

方碧晴也撑伞出发了。没拿伞的唐乔月白她一眼，冒着微雨，急匆匆跟了上去。

走进礼堂，唐乔月先去了趟卫生间。

她看着镜中狼狈的自己，觉得自己是那么窝囊。

昨晚，被方碧晴那样无缘无故地骂一顿，为什么不还击呢？梁琼要知道，一定会骂自己懦弱，活该！

对面的男厕走出了李好。李好回头喊："我先过去，你快点。"走时，没看到唐乔月。

不用猜，李好是在对魏书林说。

唐乔月看着李好的背影，一个突如其来的念头在脑中划过。

礼堂的前门仍有人不断涌入。

方碧晴之前看到李好和魏书林进来了。他俩径直去了卫生间，没过来和她聊聊。

心里一阵失落。

当她再次抬头，一个熟悉而遥远的影子像一块磁铁，把她的视线吸了过去。

外面秋雨绵绵，她却感到身体被一股无名的大火炙烤。

方碧晴觉得，当初广播里不慎公放了自己的声音，都不曾有这样剧烈的慌张。

该怎么办？

忽然，一个声音在背后响起："段宏！这边这边！"

魏书林笑道："前面是选手席。你就坐这儿吧。"

"段宏你好，我是魏书林的朋友，唐乔月。"唐乔月不知什么时候出现在魏书林身边，朝段宏伸手，"多谢你来啊，记得为我们呐喊加油哦。"

段宏俊秀的脸上露出温暖的微笑："必须的。我就是贡献掌声来的。"

方碧晴彻底傻了。谅她多么聪明，也没想到，唐乔月跟段宏也能搭上话。

看段宏坐定，眉眼笑颜，仍是她少年时光里记得的最真切的那张。

她以为离开了华川，除了同学会，就再没有机会和他见面了。

来不及细想，魏书林站到她面前："让让呗。唐乔月和我换了位子，我坐你旁边咯。"

看魏书林嘻嘻笑着，方碧晴立刻转头——

唐乔月正笑着走到李好身旁，投来一束挑衅的目光。

方碧晴的心直直下沉，一句话都说不出来。

"你怎么也跟着魏书林胡闹？"

李好朝方碧晴和魏书林看了一眼，怪道。

"我胡闹？"唐乔月不开心了，"你不知道，昨晚她怎么对我的！"

李好一脸惊疑："吵架了？"

唐乔月斜眼看到李好脸上的担忧，还是心软："对，大吵了一架。刚在厕所门口遇到魏书林，就提议和他换个位子坐，想气气方碧晴的。但他告诉我，只要跟那个叫段宏的男生套套近乎，就能让方碧晴没辙。我就……"

李好一个激灵："段宏来了？"唐乔月惊愕地点点头。

"完了，"李好握紧拳头，忧心忡忡，"我知道魏书林要干什么了。"

主持人在台上报幕："接下来有请华川中学的魏书林，

他的演讲题目是《初见》。"

初 见

鼓足勇气提笔，写下第一个字。像我此刻微微激动的心情，带着晨曦般雀跃而娇羞的光彩，轻颤着，也期待着。

请允许我称你为小飞。这是我们那次闲聊时，你告诉我的小名。

小飞，给你写这封信，是在深夜的被窝里，手臂很酸，眼睛很疼，笔画都有些扭曲。也许，这正是我对你感情的最真实的写照：酸涩的，稚嫩的，易碎的……

底下的人群里涌起一阵微妙的笑声。

以魏书林的形象念一篇少女味十足的文章，实在让人忍俊不禁——

他怎么讲这种东西啊……唐乔月暗暗想。

只有方碧晴笑不出来。不要说笑，魏书林说出第一句的时候，她就一下屏住了呼吸。

李好也没有笑。他直挺挺坐在位子上，像具石雕。

唐乔月看着李好僵硬的面孔，悄悄问："怎么啦？"

李好艰难地扯扯嘴角："魏书林念的……是上初中时，方碧晴写给段宏的情书……"

第十四章 惊 雷

大礼堂里一阵骚动。

今天，方碧晴在华川的很多初中同学都在场。因为魏书林，他们都知道她被段宏婉拒过的往事。都尘埃落定了，今天又演成一个笑话。

李好深深陷入宽大的椅背："方碧晴不会原谅我了。"

唐乔月想说什么，又无从张嘴。她刚刚和魏书林调换了座位，无疑也成了帮凶之一。

她现在明白，那晚逸夫楼的走廊上，方碧晴对江一楚说的那番话——

"情书里的话，句句属实，只能说给一个人听，很珍贵的。"

方碧晴，也是一个有过无疾而终的感情的人呢……

无论方碧晴怎样对自己，好歹都是私下。她面对的，是强制被放大的回忆被当众曝光。

唐乔月忽然无比后悔。

下一个就到方碧晴了。

如果方碧晴发挥失常，那十字中学一旦败北，自己是不是就是间接的"罪臣"？

舞台上，魏书林已演讲完毕，鞠躬谢幕。

唐乔月倒抽一口气："方碧晴，你……要加油啊……"

居然，自己也会有为她暗暗鼓劲的时候啊。

从位子上站起来的方碧晴，脚步笃定。

主持人还没报幕，她就开始朝前走。

李好和唐乔月不约而同挺直了身板——

还没下台的魏书林也有点懵。他原以为，他还有时间给她扮个鬼脸呢。

方碧晴以最快的速度跑上台，拉住魏书林，又娴熟地握住话筒：

"抱歉，我冒冒失失地跑上台来。请允许我介绍一下自己，我是下一个选手，来自十字高中的方碧晴。"

方碧晴脸上透着自信的光彩，让唐乔月和李好怔住。

"急匆匆跑上来，一半是激动，一半是感动。"方碧晴回头看看魏书林，狡黠一笑，"刚刚魏同学的稿子取材相当特别，大家一定听出来了，是一封情书。赛前，我得知魏同学的演讲次序正好在我前面。我们便在最短的时间内商定了一个计划，用这种方式来纪念青春。是的，这封情书的作者，是我本人。曾经暗恋的，也正是这个我最欣赏的男孩，魏书林。"

方碧晴露出灿烂的微笑，大大方方把手指过去。

面对方碧晴直指而来的手臂，魏书林待在原地——什么叫"下不了台"，他在一瞬间体会了。

李好坐在位子上，目瞪口呆；唐乔月则将嘴巴张成 O 型。

整个礼堂的欢呼，一瞬间热烈地要将屋顶掀翻！

从没在正儿八经的演讲比赛上，见过这样大胆而新颖的尝试！

方碧晴刚才全神贯注盯着舞台，不是在惊讶，而是在思考这些对策吗？

李好大脑一片空白。分别一年，自己是不是低估了她的成长和改变？

"我之所以安排这样一个创意，是想告诉大家，我所理解的演讲，绝不等同于单纯的背诵。刚刚魏同学是在笑我'少女怀春'，但放眼窗外的秋雨绵绵，'怀春'是不是可以引申为'即便身处凄风苦雨,也要怀想灿烂春光'？愈身处逆境，愈要心系光芒；愈深陷尘埃，愈要开出花朵。这就是我今天演讲的主题——《于黑白处画彩虹》。"

话音落下，唐乔月和李好再次被惊雷劈中，全身烧焦般，失去意识。

过了好几分钟，唐乔月才痴痴道："……这是，我的，题目啊……"

"笃笃笃"的敲门声响起。开门，江一楚站在外头。

陈澈站在陈老师的宿舍里，没有要请江一楚进去的意思。

"有事？"

江一楚语气哀婉："我今天没比赛。我特地来找你的。"

"找我？"陈澈目光锋利，"找我再要一封信，让你去改编、杜撰，然后拿来参赛，是不是？"

说着要关门，江一楚上前把门抵住："对不起！"江一楚嗓音里透着沙哑，"我只是，想帮你。"

"帮我？"陈澈冷笑起来，"在学校，我一直避免和他正面交涉。这周末，他带你们比赛，没法回家。我就问，为什么信给了三周，他却一点反应都没有。一问，他竟说没收到……"

江一楚站着，几次想开口，看到陈澈脸上嫌恶的表情，终究没了勇气。

"以后，我们的家事不劳你费心。"陈澈说了最后一句，"我们，也不再是朋友。"

热烈的掌声在礼堂里轰然响起。

魏书林愣愣地看着在台上鞠躬的方碧晴。仿佛就这么三五分钟的演讲，让他又重新认识了一遍这个姑娘。

方碧晴并没有朝自己的位子走去，转而伸手，拉起了坐在那儿的唐乔月，急急冲向了礼堂后门。

断断续续的叮嘱从方碧晴嘴里掉出来："别紧张……用了你的稿子……你用我的……你马上看……还有两个人的时间……我教你……你就用我事先想好的技巧……不要死记，像我一样，重在应变……发挥你做节目的口才！记住没？"

唐乔月的手臂被方碧晴握着，感到源源不断的热情与能量……

方碧晴从来不肯透露给她的演讲稿，此刻却像一团火，在她的手心里燃烧、发光。

"记住了吗？"方碧晴的眼里射出不容置疑的光芒，"我的稿子，你放心！相信自己，无论如何，一定有前三！"

"让我们有请下一位参赛同学，来自十字高中的唐乔月……"

"加油啊！"出发前，唐乔月的手被方碧晴轻轻握了一下。原来，冷若冰霜的方碧晴，手心也会像春天一样柔软啊……

唐乔月一时竟有些想哭。

上台，站稳。环顾全场，看到礼堂最后的方碧晴仍暖暖地笑着。

她的心跟着冒出一汪清亮的泉水，字词一个接一个滑了

出来——"今天我演讲的题目是《真正的强者》……"

窗外秋雨淅沥，室内温暖如春。

明明是短暂的一上午，却漫长得像梦境，瞬息万变。

唐乔月忍不住苦笑，很想找人分享，又不知道一切从何说起。

"江一楚？"回过神来，唐乔月又叫了一声。还是没人应答。

轻轻转了转门把手，门没锁。

推门而入的瞬间，唐乔月傻眼。

一切整洁如新，凳子归位，被子叠齐，衣服鞋袜全部消失，就像没有人来住过一样。

她呆立几秒，迅速给陈老师打了一个电话："陈老师，江一楚他，他……"

第十五章 归 途

下午两点，大礼堂。

"接下来，公布最终获奖的选手。"

唐乔月和方碧晴，都悬起了一颗心——

"用饱满的深情和优美的篇章，带我们走入一个矛盾家庭的情感核心，文章不落俗套，演讲张力十足。对一个中学生而言，这样的表现实属不易。经统计，总分第一名：十字中学，江一楚！"

唐乔月一个没忍住，就要站起来惊呼。想到人不在场，只好坐在位子上，用力地呐喊了几声。

方碧晴坐在位子上，机械地拍了拍手。

——还是，和首奖错失了啊。

每一场比赛，除了第一，所有名次都是陪衬。没有第一，对自己而言，就是失败了。

方碧晴悄悄叹了口气。

"不过，很遗憾的是，"校长在台上继续，"我们已得到确认，江一楚同学自愿要求，放弃此项荣誉，根据大赛规则，并经过组委会商讨，我们尊重选手的决定，同时仍对他的表现给予肯定！"

场上涌过一波惊呼。"怎么会啊？""第一名都不要？""太有魄力了！""为什么啊？"

……

唐乔月睁圆了眼睛看方碧晴。

方碧晴也睁圆了眼睛看校长。

她们同时转头去看不远处的陈老师——

陈老师却早已料到结局般，不带悲喜地平视前方。

为什么？为什么？？为什么？？？

唐乔月的脑海里只剩下一堆"为什么"在盘旋。

台上，华川中学校长仍在继续："按照进位补差的原则进行递补，排名第二的选手，将递补为本届比赛的第一名。她，在赛场上谈笑风生，在突变中应对自如。虽然她说一切都是事先计划，但从现场表现看，一切都是她临场发挥带来的奇妙功效。演讲不是背诵，情感不能生造，于黑白里画彩虹，于无声处听惊雷——这只'金雀'，就是来自十字高中的，方碧晴！"

唐乔月再次愣住。

她看到方碧晴的脸像发生着迅疾的化学反应，灿烂的笑从她前一秒失落的表情里脱胎而出。

多么熟悉的笑容啊。那次月考表彰会上，方碧晴问她借录音设备，不等她反应，她就上去发表感言了。这一次，唐乔月仍来不及惊呼，方碧晴就在掌声簇拥中，款款朝舞台走去。

——还是方碧晴，赢了啊！

一个问题像带刺的滚轮，开始在她脑中碾压——

这是她一个人的胜利吗？是她一个人的胜利吗？

她赢了，基于江一楚主动弃奖——连原因都不明晓；还基于，那篇出自唐乔月和李好之手的稿子……为什么，江一楚把荣誉拱手相让？又凭什么，凝结了好多人心血的成果，方碧晴说拿就拿？

唐乔月的脑子很乱很乱，不愿承认——面对方碧晴的胜利，她竟感到一丝戳心的嫉妒！

她坐在位子上，无比泄气。

"……谢谢我的指导老师，杨老师，是她教授了我技巧，树立了我的自信；也谢谢带队老师陈老师……更要感谢在台上展现才华的对手们。认识你们才是真正的收获，你们让我意识到人外有人、天外有天……"

一长串致谢，压根没提到唐乔月的名字。

颁奖还在继续。

第三名，华川中学，李好。

第四名，……

第五名，……

第六名，十字中学，唐乔月。

唐乔月闭上眼，腹部一阵灼热。起身跑向卫生间，在水槽里吐出一堆污物。

"才第六名啊……"唐乔月自言自语，"才第六名……呵，上台前，方碧晴还夸下海口，一定有前三！要是……她没跟方碧晴换稿子的话……"

又一阵恶心涌来，唐乔月干呕几声，整个人快虚脱了。

她拨通李好电话："李好，你们的校医院在哪……"

雨终于停了。

朝窗外看，阴云散尽的天空慢慢渗出湖蓝色，阳光也开始若隐若现地闪耀。

时间仿佛点滴瓶里的液体，静谧地流动。

"谁让你淋雨呢。"医生一边写字一边说，"看你也没休息好，抵抗力下来，当然要生病。"说着，把单子递给李好，"你签个名。"

李好签完字，坐到了唐乔月身边。

看她心情郁郁，李好安慰她："没事。胜败乃兵家常事，身体最要紧。"

"但偏偏这次，我不想败的！"唐乔月直视李好的眼睛，"李好你说，如果方碧晴不擅自用我的稿子，她，还有可能是第一名吗？"

因为唐乔月生病，陈老师一行推迟了行程。

"井底之蛙"在网上发来信息："猜猜，我有没有偷偷去现场看你？"

"不猜。"

"不开心？" "井底之蛙"发来一个安慰的拥抱。

"不止不开心，还有不甘心。我输给了对手。"

"果然对名次很在意吧？"

"也许是吧……人，毕竟需要外界的认可。"

"还记得我之前和你说的吗？一个人不能被这些虚无的名号绑死。"

"你就是典型的站着说话不腰疼。你又没参赛，当然可以置身事外。"

"井底之蛙"不说话了。唐乔月感到懊悔，自己怎么会变成这样。

一场比赛，足以改变她吗？

梧桐树下，李好、魏书林正同方碧晴聊天，想必是来送别的。

"好点了吗？"李好看到了唐乔月，冲她喊。

"好多啦，谢谢你！"唐乔月露出微笑。

魏书林也调皮地挥挥手："下次自己来，别带方碧晴！"

方碧晴伸脚朝魏书林踢了一下。

——这就是他们的友谊……唐乔月看着，听着，蓦地想起梁琼，心中一凉。

隐隐约约的对话从车下传来，唐乔月疲惫地闭上眼睛。

"太遗憾了，"魏书林依然坏笑着，"评委没眼光，任你在上面瞎扯，还给你第一。"

方碧晴白了他一眼："你要冲着我来，我不怕。但你要再敢利用段宏，小心我……"

"真是护人心切呢！"魏书林拍拍手。

"行了，"李好推一把魏书林，对方碧晴道，"见段宏一面，就当是额外的惊喜吧。再说，你拿了第一，也该开心了。"

"那当然，"方碧晴笑眯眯地盯着魏书林，"要不是得第一，我会原谅你这个死胖子吗？"

"我的个乖乖，她现在都敢骂我死胖子了！"魏书林笑着惊叫起来。

笑声在外面回荡，唐乔月软绵绵的身子却一瞬间抽紧了。

没听错吧……唐乔月暗呼，这句口头禅，怎么那么熟悉？

她连忙起身。一个用力过猛，只听"嘭"的一声，头撞到了车顶。

这一撞，疼得泪眼汪汪，说不出话来。泪一掉，唐乔月满腹委屈跟着排山倒海而来，泪水越流越多。

人员陆续上车，车门合拢了。

方碧晴来到后头，惊讶："怎么哭了？舍不得李好啊？"

一边笑一边转头，对外面的两个人挥手再见。

车子载着方碧晴的微笑、唐乔月的眼泪，"轰"一声驶向前方。

第十六章 疑 问

夜来得无声而迅疾。

吃完饭出来，十字高中星星点点的路灯在各个角落发出荧光。

梁琼手里拎着两只空热水瓶正往食堂走，发现偌大的食堂里有一个孤单的身影在埋头吃饭。再一定睛，竟是唐乔月。

比赛回来了啊……梁琼想。

她慢下脚步，没有主动过去说话。再一留心，竟觉察唐乔月边吃饭边在抽鼻子。

一瞬间，心竟有些抽紧。

她无声无息地走过去："这么晚啊。"

唐乔月泪眼蒙眬地抬头："是你……"

梁琼刚想说短信的事儿，就感到唐乔月的手抓过来："……梁琼，你说得对。也许我就是那种人，为了达到目的，也愿意不择手段——只是，没那个机会罢了……这次演讲比赛，我输了，输给方碧晴，输得好彻底。都因为方碧晴她，偷走了原本可能属于我的胜利果实！"

周一上午，语文课。陈老师进来，环顾四周："上周末的演讲比赛上，我们班的方碧晴同学表现出色，获得了全市第一的好成绩！"

接二连三的惊叹从底下升起。陈老师推推眼镜："当然，我们班的唐乔月也表现优异，虽然没有进入省赛，但一个班能有两位同学同时登上复赛舞台，我已经很骄傲了。希望大家把最热烈的掌声送给她们，感谢她们为学校、班级争了光！"

唐乔月转头看另一边的方碧晴，方碧晴的鼻尖仿佛装着一盏小太阳，哪里都能收到她得意的光芒。

同桌蒋梦瑶一边拍手一边轻声："真厉害啊！什么时候给我们现场来一段？"

唐乔月苦笑一下："恐怕是很难重现了的。"

一下课，梁琼就跑过来拉拉她的袖子："来。"

走廊尽头，方碧晴双臂环抱，无所事事地看着草坪。

唐乔月知道梁琼想做什么了，她拉拉梁琼的胳膊："别闹了，回去吧。"

"喂喂，我是在帮你啊。"梁琼拽住唐乔月。

方碧晴一头雾水："把我叫过来到底什么事？"

"就是——"梁琼声音沉稳，"你演讲比赛获胜，其实是因为你偷了唐乔月的稿子！说白了，是你偷了原本属于她的第一名！"

方碧晴的眼睛瞪大一圈。

梁琼又紧接道："我们也不想戳穿你，只要你私下和我们承认——这次比赛真正的赢家不是你，而是唐乔月——就行了。这个不难吧。"

方碧晴的呼吸从急促慢慢转为平静。

她一字一句道："偷了你的稿子？唐乔月，这是你的原话吗？"

唐乔月不禁低下头："我……"

不给梁琼插嘴的机会，方碧晴继续道："你的意思是，第一名该是你，不是我？"

盘旋在三人之间的沉默像一触即发的炸弹，随时可能呼啸而起。

唐乔月霍地抬头，以同样锐利的目光对视回去："对，我就是这么觉得。方碧晴，你可以盘算好一切。但一声不吭用掉了我的稿子，让我措手不及……这些，你问过我意见吗？你有没有想过，要不是因为我对稿子不熟悉，我的名次至于那么落后吗！"

"哈，哈哈……"方碧晴忍不住笑起来，"唐乔月，你不要忘了。上场前，你已经欣然接受，没有意见啊。"

"那种情况下，除了任你摆布，我还能怎么办？"

"你要真有实力，换篇稿子照样能把我挤下去！"

"你是凭实力还是心机你自己知道！那晚就因为你嫉妒我跟李好说话，从一开始就谋算着要偷我的稿子……"

"你的稿子！你的稿子！"方碧晴的语调忽然提高八度，"自恋也要有个限度。真以为用了你的稿子就能拿第一？是，稿子是还可以，但没有李好帮你润色，没有我的现场发挥，你凭什么觉得你的稿件就一定能夺魁？唐乔月，你根本就是嫉妒！要是名次反过来，换作是你得了第一，你会归功于是我的稿件才让你赢得胜利吗？会吗？瞧瞧你狗急跳墙的样子，我真是太高看你了！"

"你……"唐乔月气得语塞，忍了又忍，挤出一句，"那天你说我不要脸。其实，最不要脸的人，是你！"

日落时分的风又开始透出寒意。铃声响起，人群朝北边的食堂蜂拥而去。

江一楚握着那封早该交给陈启军老师的信，步履沉重地朝办公室走。

陈老师常常错开饭点吃饭，这也给江一楚单独见他留出了足够的时间。

看到他进来，陈老师不由愣了一下。他放下笔，看他慢慢走近。

江一楚也不说话，快走到跟前了，伸手递出那封薄薄的信，小心翼翼地摆到了陈老师桌上。

"陈老师，那个就是陈澈写给你，却被我私藏了的信。"江一楚指指桌上的信件，眼睛却不敢抬起，又晃晃手中的东西，"这个，是我的……道歉书。"

陈老师把脸转向了电脑屏，淡淡地说了一句："知道了。"说完，又开始在教案上唰唰写起来。

江一楚动作僵硬地把信放下，朝陈老师深深鞠一躬，战战兢兢地走出办公室。

办公室门关上的一刹那，陈老师转头看向江一楚的道歉信，眼里光芒闪烁。

"……时间不多啦，同学们！算上今天的话，到圣诞节为止也就……五六次排练的机会。这首《十字路口的春天》，大家一定要在这几周内练好啊！"

李老师说完，走到江一楚身边，拿过点名册："这个陈澈好像缺席很多次了嘛！这怎么行？辛苦你，跟陈澈说说我们的情况……当然，如果他实在不行，就你一个人上，但效果肯定会打点折扣，我总希望可以力臻完美……"

另一间教室，杨老师正面带微笑，侃侃而谈。

虽然名次不那么漂亮，但唐乔月还是主动来找杨老师，汇报了一下比赛成绩。

说起来，回来后，她就没见过江一楚。弃奖的举动仍像一个巨大的谜等着她去猜。

唐乔月拉拉许卫平的袖子："你和江一楚一个宿舍，他这周回来，有什么异常吗？"

"异常？"许卫平暧昧地笑一下，"就是话变得特别少了吧……"

与此同时，方碧晴坐在宿舍的床上，气呼呼地回了一条短信："你也怪我？"

"不是，我只想告诉你，学着体谅一下别人的心情。唐乔月输了总归难过，就算话说重了，你也别往心里去。"李好回复得言辞恳切，不无道理。

这却让方碧晴更为恼火："这两天，一想到她的话，我就气得不行。你倒好，一个劲儿帮她说话。你跟她到底什么关系啊？"

好半天，李好都没有回音。

方碧晴抿紧嘴唇，又不甘心地写一条："你和唐乔月到底怎么认识的？"

第十七章 隐 秘

"还不走？"周日上午的英语辅导结束，李好问仍旧坐在位子上的唐乔月。

唐乔月思索片刻，坦白："有件事，我想不好。"

李好坐下来："洗耳恭听。"

"学校年末有一场迎新会演。我在校广播台，属于团委。每年会演，虽没有明文规定要求学生去拉赞助，学校自有经费支持，但若能拉到，一来可以给晚会冠名，二来经费也更多，也是筛选下一届学生会主席的标准之一……我不想做什么主席，只是和一个人私下竞赛，谁拉得多谁就赢。"

李好眨眨眼睛，不可置信："据我所知，拉赞助——光靠我们中学生——这难度不是一般的大啊。"

唐乔月低声道："郭芙蓉说的，不蒸馒头争口气呗。"

"难道……"李好若有所思地，"方碧晴？"

"这你就别管了。跟谁比不一样？现在的问题是，我怎么拉？找谁拉？拉多少？我也不知道对方能拉多少，但我必须比她多，就像拍卖场上竞价……实在有点伤脑筋。"

李好忽想起什么事，顿了顿，开口："唐乔月……如果方碧晴在学校问你，我们俩怎么认识的。你就说，是在一个

英语论坛上认识的，行不？"

"啊？"换唐乔月讶异了。

"不为什么，你就这么说呗。方碧晴她……反正，隐秘一些总没错的。"唐乔月看出李好是虚晃一枪，但想起方碧晴那晚在宿舍里醋意大起，也觉得不无道理。

她紧接着开口："我也问你个问题——"她的语速快起来，"李好，你记不记得你那位朋友，魏书林，他的网络昵称叫什么啊？"

李好有点回不过神："怎么突然问这个？"

"你就说呗。隐秘一些总没错的。"

李好苦笑起来："行，那我俩扯平了啊。叫'魏公子'。"

"魏公子？"唐乔月脸上闪过惊奇又失落的神色。

李好忍不住追问："你想加他好友？跟他联手对付方碧晴？"

唐乔月捶了他一拳："我随便问问的。"

夜幕又无声无息地笼罩了大地。

晚自习的下课铃一响，唐乔月约上梁琼，早早走出教室。

路上，唐乔月捅捅梁琼胳膊："知不知道许卫平住几楼啊？"

"5栋5楼531。嘿嘿。"

　　唐乔月伸手去挠梁琼的腰："好啊，摸得这么清楚，是不是偷偷去过了啊？"

　　"哪有！"梁琼惊叫着跳开，"闲聊的时候提过。我记性好，有什么办法。"

　　"……你先回去，我去5栋门口等一会儿，别告诉别人。"

　　梁琼表情夸张地笑起来："你想找江一楚？"

　　比完赛至今，江一楚好像人间蒸发一样音信全无。唐乔月去教室找他。他看到她来，很匆忙地出来说上一两句就进去了，完全不想解释那天弃奖的缘由。

　　回宿舍的人流渐渐庞大起来。唐乔月往一旁的矮树丛后面藏了藏，她定睛看着每一个朝5栋进出的男生。突然，眼神一凝，她看到了一个熟悉的身影——

　　"程仲杰！"

　　阴影里，飘来了江一楚的叫声。

　　唐乔月心神一震。江一楚的轮廓渐渐清晰，他走到程仲杰身旁，笑："模拟卷还带回来，真够抓紧的。"

　　"图个心理安慰。"程仲杰也笑，"你呢，最近忙排练吧？上周兴趣课上，还看你们阵仗老大地在合奏，是不是迎新会演……"

　　突然感到江一楚的语调低了不少，大概是进门去了。

碍于程仲杰，唐乔月不好追上去。她懊恼地跺跺脚，悻悻而归。

有个声音从背后传来："唐乔月！"

许文婷匆匆忙忙从身后跑上来，到唐乔月身边："你看！"她举着一样东西，脸上透出惊喜，"陈老师刚刚给我的。"

"这是……"唐乔月惊道，"你的吹风机啊！他原谅你了？"

"应该是吧！"许文婷的语气带点激动，"陈老师让我这周一定带回家。而且，"她突然放低了声音，"他说我的吹风机被查，据宿管站报告，是被人举报的，他说肯定是因为我用得太张扬，影响了别人。要我今后引以为戒。"

许文婷眼神一冷，退到一旁："乔月，我相信不是你。所以这件事，我也只问你一个。我想过了，除了我们宿舍的，别人不可能啊。你平心而论，我们这几个女生里面，最有可能是谁揭发了我？"

第十八章 冬 夜

冬季的冷夜总给人消沉的感受。

从食堂出来，深蓝的天幕上已星星点点。难得一个空气洁净的夜晚，方碧晴择了一条少有行人的小道，慢慢走进去。

小道曲折，却是连接食堂与操场的捷径。烧菜的师傅阿姨也常常顺着这条路来操场运动。

方碧晴避开了枝枝蔓蔓，在一片昏暗中掏出手机，犹豫了很久，才拨通李好的号码。

"少见，少见。"一接通，李好就毫不掩饰自己的惊讶，"可是你自己千叮咛万嘱咐，能短信就短信，不随便打电话的啊。"

"我找你帮忙的。"方碧晴语气冰冷，对李好也不愿假装客气。

"怎么啦？"知道她是个要顺毛的动物，李好自觉地降了半个音调，"很急？"

"我……"方碧晴话到嘴边，突然顿住了，"对不起啊，我心情差，所以态度不好……"

李好不禁讶然。他用尽量平和的语气问："你怎么了？"

"考虑了很久，才决定跟你开口的。"方碧晴轻声道。那气若游丝的声音，像是心虚，又像是精疲力竭，"我想跟你借点钱。"

照例在话筒前说完了该说的，唐乔月坐在位子上发起了呆。

一只手在她的肩膀上敲敲："睡着啦？"

唐乔月惊讶道："黄老师！"

"有心事啊？"

"没，"唐乔月打着哈哈，"昨晚没睡好。"

"身体要紧啊，"黄老师和蔼地拍拍她的肩，"这不，任务又来了。年末的文艺汇演，学校点名跟广播台要主持人，非你莫属了。不过这次得两男两女，我想，要不就选上次跟你一起去参加演讲比赛的那位。她不是冠军吗？实力有保障。你又跟她认识，有默契。怎么样？"

唐乔月把这番话用力消化了一下，平静地答："好。"

从操场出来，天已经紫黑。整个城市仿佛陷在一颗干瘪的葡萄里，萧瑟又冰冷。

方碧晴心烦意乱地和李好结束了对话，走着走着，感到身后有尾随的脚步。

走到光亮处，忽然停步，回头看去："程仲杰？"

程仲杰没料到方碧晴忽然回头，一下睁大了眼睛："……方碧晴。"

"跟着我干吗！"方碧晴不耐烦地吼了一声，迈开腿就要走。

"你等等。"程仲杰咬咬牙，从后面跟上来，"我有话跟你说。"

"有什么好说的？"方碧晴语气冷冷，"还想跟我解释你所谓的'安全感'？恶不恶心。"

"你那么看不起我？"程仲杰的声音里透出某种微妙的伤感，"你厉害，随随便便嘲笑像我这样辛辛苦苦挤进前面的人，就像天生的贵族嘲笑暴发户。"

"你也知道自己是暴发户。"方碧晴仍那么冷淡，"不想做暴发户，就凭实力去争取，少做小动作。月考的时候，你明明能坐进一班，却还……搞那种事，简直让人无语！"

"我……"程仲杰觉得自己的脸又烧起来了。要不是冬夜冰镇着他，他大概就要燃起来了。

他吞口唾沫，一字一顿："我这么努力，这么害怕掉名次，还不是因为……"

他的声音慢慢沸腾，迅速升温的语调像一块烙铁，把方碧晴的耳朵烫红。明明光线昏暗，他的眼里却射出星辰般耀眼的光芒，让方碧晴也愣住了。

一个熟悉的声音响起："程仲杰！"

两人都松了一口气。昏暗中，江一楚走来。

算起来，演讲比赛结束后，方碧晴也没见过江一楚。他那天弃奖，陈老师半遮半掩地说了些暧昧不清的缘由，她基本没听懂。

江一楚走到近前，才发现还有方碧晴。他笑容僵硬地招呼："是你啊……"

看着他笑，方碧晴突生一股委屈与愤怒。是啊，他那天上午没去观赛，不知道自己和唐乔月之间发生了什么，也无法为自己和唐乔月做一个公正的评价。这一切说到底，都是他弃奖引起的！

"江一楚，我有话问你！"方碧晴白了一眼程仲杰，转身朝教学楼走。

江一楚跟程仲杰无奈地笑笑，尾随方碧晴走到一楼的拐角，先打起了哈哈："原来你也认识程仲杰？"

方碧晴毫不理会："好几天没见你，你是不是欠我和唐乔月一个解释？"

第十九章　雅　集

"……对，黄老师要我和她一起主持，她还把写串词的重活儿塞给我……我不怕写，只是做了，就得做好。得花时间吧。而现在，我还有别的事要烦……"

电话那头的李好一直耐心听着，听到这里，觉得方碧晴的重点要来了："李好，如果你帮我，我就可以少烦很多。"

李好叹了口气。

"你看看唐乔月，"方碧晴在电话里继续，"现在，她处处与我为敌。我再不让她输得心服口服，以后拿什么堵她嘴？"

"你为什么这么没信心，想用这种手段赢过她？这不像你。"

"我……"方碧晴结巴了——李好戳到了她的痛处。

曾经，都是唐乔月对方碧晴逆来顺受的。如今，唐乔月竖起了身上的刺，凡事都到了要和她刀光剑影的地步。她虽追求这种极具火力的对峙。但午夜梦回，心底竟会漾出某种痛楚。

她摇摇头："不用你教训我。你说吧，到底行不行？"

李好的声音像是劝慰，又像哀求："三千块啊……就算我凑到了，对唐乔月也不公平。你这样不就是作弊吗！"

"别跟我用这个词。"方碧晴的声音降到冰点，"好，我也给你列几点：一，我不能输；二，我不想为这件事浪费太多精力！你帮我一把都不行？"

"不是不帮，而是它超出了我的能力范围。"

"怎么超出了……你可以……"方碧晴咽了口水，"可以跟你小姨借嘛！"

方碧晴说完，感觉自己的喉咙抖了一下。

电话那头的李好也陷入了长久的沉默。寂静中，方碧晴似乎听到他胸膛起伏的声音。

许久许久，电话那头传来回答：

"原来，你一开始就希望我去找小姨……"李好的声音里有种令方碧晴恐惧的森冷，"你知道我问小姨借，小姨肯定会借，对不对？"

没等方碧晴解释，李好传来一句令她万念俱灰的话："你明明对小姨……方碧晴你——卑鄙！"

李好"啪"地挂掉电话。

方碧晴愣在原地，凝如雕塑。

"我们是不是挺久没聊天了。"这天傍晚，唐乔月给"井底之蛙"留了一个言。

"是啊。看聊天记录，时间停在你比完赛那天。"

"当时说的话有点过分，对不起。"

"我是那么小心眼的人吗？"

"道过歉，至少自己心里踏实。"

"哈！原来是为自己！"

"不是你说，人，不过是一套利己的程序吗？"

"我的个乖乖，已经会盗用我的理论了！"

看到"井底之蛙"的口头禅，唐乔月的手指顿在半空。

她盯了一会儿屏幕，继续敲字："有个事要请教你。"

"愿闻其详。"

唐乔月把键盘敲得噼啪响："具体原因你就别问了，就是……我需要一笔钱。当然，得是合法渠道。最好是正规的企业、商家什么的，能给学校晚会赞助、冠名的……具体得有了这笔钱后再谈。我想知道有没有比较简易的办法获得这笔资金，越多越好……你见多识广，有没有建议？"

"行，我不仅不问原因，还单刀直入告诉你：没有！"

瞬间的沮丧让唐乔月瘫软。

"不过费时费力的办法，倒有一个。""井底之蛙"跟着敲来一句。

唐乔月像灯泡通电，顿时发亮："话说一半，整我呢。"

"欲扬先抑。要吃糖，先给个巴掌，懂不懂？"

唐乔月兴冲冲回："糖在哪里？"

"知不知道'雅集人'？"

唐乔月屏息读着"井底之蛙"陆续发来的话——

"'雅集人论坛'是一个专供网上文人雅士交流、切磋的地方。这个论坛有一点与众不同，坛主深知'雅士'里有不少自恃清高又生活窘迫的文人，便想了一个办法，只要拿出的作品够好、投票够多，累计积分后就可以用积分换钱——是真的钱！有意思吧？"

"难道你要我去攒积分，换钱？"

"1000 个积分换 1 块钱，一个人一天最多可以给同一部作品 5 个积分，200 个人就能帮你拿到一个硬币哦。就像我说的——费时费力。"

"那我得攒到死！"唐乔月心里绝望地喊起来。

"我还没说完呢。1000个积分换1块钱，那是初级会员。元老级账号，10个积分就能换一块钱。这就相当于写豆腐块赚稿费啦！"

唐乔月在电脑前愣了一下：什么意思……

"这还不懂？笨啊，意思就是元老级账号发帖，两个人就能帮你挣一块钱！"

"我知道，可不要说元老级了，我连个初级账号都没有。"

"就说你笨嘛。""井底之蛙"发了一个坏笑的表情。

"你是指……"

"够好了吧，不用出学校，电脑前一坐。你会朗诵嘛，录一些音频，发一些文章，往上一贴……当然，你也可以再把自己的美照附上……"

"蛙兄……谢谢你。"唐乔月及时制止了他的胡言乱语。

"行啦，我把账号名、密码发你邮箱，免得你在公共电脑上不删记录埋下风险。回头查收吧。"

晚自习结束的铃声响起，人潮涌出教学楼。

脚步匆匆，漆黑的树丛掩映着两个模糊的身影。

"那次演讲比赛……"声音低沉，和黑夜的质感相近，"认识的人不多，也没人知道他在讲什么，你不用担心。"

"我有什么好担心的。"陈澈的声音像风吹落叶，"他们知道了更好，知道了，也就看清了什么叫为人师表。"

"你什么态度？"陈老师压着怒火，"江一楚早把你写的信给我了。你不是要跟我讲和吗？怎么还这样！"

"昨天，是妈妈的生日，你知不知道？"

陈启军的身影轻轻晃了一下。

"蒋老师跟我说，你昨天晚自习逃课……原来是去找她了？"

"你可以不去，我得去。"陈澈低声道，"蒋老太婆真多嘴。"

"你给我闭嘴！"陈启军极力克制着。很快，他的语调柔下来："是爸爸不对。今天开始，你不要住学校了，每晚跟我回家睡，夜宵也吃得好些。以后周末，也不要老回妈妈那儿了，好吗？"

那语气，像征询，又像哀求。陈澈的嘴角不知不觉抽了一下。

许久，他答："不要。"

陈启军愣住。

"我有时候真不知道怪谁。想跟你修补关系，结果找了一个错误的信使。现在，我没这个心情了，你又主动来找我。我好像什么都决定不了，妈妈说走就走，你也说没事就没事？"

陈澈擦过树丛，朝宿舍奔去。

望着儿子的背影，陈启军呆立在原地。

"陈老师来了。"唐乔月打开宿舍门，笑着问候。

陈老师阴着脸，沉默地东看西看。

大家都识趣地安静下来，规规矩矩坐回床上。

"你们宿舍出过违禁物品，以后不要再犯了啊。"陈老师站在中央，说了一句。

大家点头应着。陈老师正抬腿要走，忽然一个极不和谐的声音从角落响起来。

像钻地，又像磨铁，持续的震动，充斥在小小的空间。

"嗡——嗡——嗡——"梁琼的脸变成一页白纸。

陈启军几乎是绝望地闭上眼，用不容反驳的口吻，一字一句道："拿出来吧。"

第二十章 破 冰

寒风肆虐。小道上的盏盏黄色路灯四散在校园里。

"借用几天？可以啊，正好，到点了记得把音乐关了。反正直播间的钥匙有两把，走时记得锁门就好。"黄老师一向都这么好说话，她把钥匙放进唐乔月手里："怎么样，那个叫方碧晴的同学，说好了吧？"

"嗯。"唐乔月点点头。

"这就好，你们俩相互配合，就是学校里最优秀的女生代表，同学们看了也觉得励志！"

面对这样真心实意的夸奖，唐乔月却只是笑笑。

她顾不上吃晚饭，就先来问黄老师拿钥匙了。遵照"井底之蛙"的意思，她要在晚会开始前的这段时间，抓紧分分秒秒去"挣钱"！

拿到"井底之蛙"的账号与密码后，她已经登过一次"雅集人论坛"。

论坛界面和其他 BBS 无甚区别，首页上，赫然在目"情比金坚"专区。唐乔月原以为这是言情板块，点进去一看，才发现就是传说中可以拿积分换报酬的地方，即"作品的真情实感，比金银报酬更值钱"。

帖子都是统一格式——作品名、作品链接、积分数、需要换取的酬额，等待审核即可。

浏览下来，基本上都是初、中级账号在索要一块、两块、十几块，很少有元老级账号狮子大开口，要换大额数字的——也许真正的资深人士，都是借此激励，并不真为赚钱——唐乔月苦笑着想，看来我要做一个见钱眼开的人了。

她又很细心地看了一些成功赢得不少积分的精华帖。不外乎心灵鸡汤、以真人真事为基础的灰色纪实，还有暗藏玄机、日日更新的长篇连载……

这些，都不是学业繁忙的她可以做的。

她决定参照"井底之蛙"的建议，发挥特长，把曾经做的节目以及接下来新录制的广播，传到论坛里。

她想起以往几期精品节目，于是翻着电脑里的文件夹，想全部找出来。

很快，她就感到绝望。原来，黄老师在整理文档的时候，会将旧音频进行重命名，把中文标题全改为日期，合并到一个文件夹内。想知道某期的具体内容，还得一一点开来听。

对着清一色的数字，唐乔月眼都花了。

那就先录新的吧。但当她坐到话筒前，才意识到，别人想听什么、怎样才能获得别人的支持，她根本没想过。

果真费时费力啊……她想起"井底之蛙"的话。就怕，辛辛苦苦一场空，还因此影响学业，赔了夫人又折兵！

天阴欲雨，像她的心。

从广播台出来，已经快晚自习了。

唐乔月稀里糊涂吃完饭，趁今天查纪不严，又赶回直播间，耐着性子，一个音频一个音频地找，找完再回教学楼。

刚在教学楼的楼梯上跨了几步，唐乔月就忽然听见楼梯间里传来两个人的声音：

"……你不来，乐团就不完整了。"

"不是还有你吗？你可以随便帮别人做决定，我就不行？"

"……对，对不起。"

"如果你今天就是来劝我回去排练的话，就算了吧。"

"可是……"

对话伴着其中一人匆匆走开的脚步而终止。

"江一楚！"唐乔月从黑暗中走出来。

几天不见江一楚，唐乔月发现他瘦了好大一圈。原本白净清秀的脸颊因为两腮凹陷，显得苍老。他的身子罩在蓬松的羽绒服里，活像一个干瘦的衣架。

定定看着他，一时竟讲不出话来。

"你……"江一楚露出一抹苦笑，"你怎么也在外面瞎晃啊？"

唐乔月尴尬地笑："我刚从逸夫楼回来。"

江一楚若有所思："哦，广播台吧。"

唐乔月点点头，听江一楚忽然道："唐乔月，我想麻烦你个事情。"

又到周六了。

高二（1）班的教室里，却低气压弥漫。

站着的是梁琼。

"明令禁止的东西，一而再再而三地强调，为什么还带到学校来？"

"有什么急事，可以问我来借电话！"

"关键是，我那天刚说，你们宿舍有过前科了，下不为例，结果呢？"

"手机我先替你保管着。梁琼，等你考进年级前 100 名了，再来问我要！"

一语既出，班级底下钻出一丝微弱到几乎可以忽略不计的笑声。

年级前 100 名？笑死人了，能走出年级倒数 100 名就普天同庆啦！

梁琼慢慢在位子上坐下，静如磐石。

"……宿舍里第二次出状况了。好朋友有难，我帮不上忙不说，"唐乔月垂下眼睛，"我之前，还做了一件亏心事。"

"亏心事？"李好坐在辅导班的位子上，诧异。

"……她要我保密的一件事，我心一软就……"唐乔月摇摇头，"……对了，我找到了一个拉赞助的好方法。"

李好露出好奇的眼神。

"一个网友教我的。在一个可以用作品攒积分，并用积分换钱的网站上。只要有了这笔钱，我想，可以对校方说是网站资助嘛……哦对，你不许跟方碧晴说！这是商业机密！"

不等李好回答，唐乔月就笑起来："法子是挺辛苦的，但我觉得，至少努力过，就算输给了方碧晴，也对得起自己。说到底，拼的是一口气。我之前对演讲比赛的事耿耿于怀。其实，心里疙瘩的只是潜在的那种可能——如果稿子没换呢？要是，一切都按正常轨迹走……输赢是不是真的可能改写？人总是这样，想着过去的事，在假设里过活。但这次，我一定要全力以赴，不让自己活回假设之中。"

李好怔怔地看着唐乔月，许久无言。蓦地，他激动地说："你不用担心方碧晴，她啊……我预感，她这次赢不过你。"

"咦？"唐乔月瞪大了眼睛，"不是吧？你俩可是好朋友啊！"

李好语气肯定："其实，你已经赢了。在这件事的态度、信念和方法上，你已经赢过了每一个人。"

"你说得对。"唐乔月眼神晶亮，"听你一讲，我的动力又足了些！我有预感，这次我一定给自己、给所有人一个巨大的惊喜！"

第二十一章 曝 光

周末，唐乔月在家吃罢午饭，就火速赶回学校。

倒不是想出了什么新点子，只是在好的创意到来前，总得先把时间都充分利用起来。

能想到的也就那么多。回家找来少女时期最喜欢的作品，席慕蓉、余光中、周晓枫，挑来挑去，适合做成广播的也屈指可数。配乐也不好找，后期合成没一个小时搞不定，真是伤透脑筋。

她试着读了几个片段，声线也算平稳，但和音乐一搭，总觉得煽情或者太朗诵腔。做不到令自己感动，又怎能让别人满意？

抓了抓头发，唐乔月点开"井底之蛙"的头像："在吗？"

许久，都没有回音。

她灰心地关闭窗口，登陆"雅集人论坛"。

因为是高级账号，头像旁边总闪烁着耀眼的金牌徽章。唐乔月觉得很对不起它。

她漫不经心地扫了一眼，心忽然跳起来。

动态栏里有两条"提醒"。

她激动了一下——点开看到两条评论：

"楼主说这是她在校时的作品，难得嗓音和风格都很成熟，没有一般校园广播的录播味儿。不过内容上，建议再深入分析这些歌手的共性，形成统一主题，内在逻辑性会更顺。"

"样式、内容说不上新，也如楼主所言，是校园时期作品。既然是旧作，就只帮忙顶帖，不给积分了。期待楼主拿出更好的作品！"

唐乔月一字一句读完，心里好像被灌了一杯药，又撒了一把糖，甘苦难言。

"还不开心呢？都不说话。"

晚自习结束后，唐乔月和梁琼一起往宿舍走。

"啊？"梁琼惊醒似的抬头，"哦，嗯……"

"别太消沉。上次许文婷被抓，老陈骂得也凶，最后不也是不了了之？"唐乔月语气轻柔地安慰，"你接下去表现好点，上课别开小差，老陈看你悔过自新，会还你手机的。"

"嗯。"梁琼闷头闷脑地应着。

"乔月，我在想啊。你有没有觉得奇怪？我平时手机都不跟人打电话，都是发短信啊。家里人也知道，没有急事的话，不会在快熄灯的时候打来。结果，难得有人打来，还偏偏就在陈老师查房的时候。"

唐乔月怔怔地看着她："……什么意思啊？"

"我是说，"梁琼目光如刀，"会不会是有人故意在陈老师面前，响给他听，让我曝光。"

"在那儿呢！"

唐乔月正不知如何作答，昏暗中，走来江一楚和方碧晴。

"行了，我帮你把江一楚护送过来了。接下去，换他护送你了。"方碧晴语气轻快，看起来心情很好。

"明天傍晚来找我吧。"唐乔月白了一眼方碧晴，不知他俩怎么会走在一起。她对江一楚微笑，"我大概五点到，你有一个半小时可以录。"

梁琼见状，也识趣地先回宿舍。

"你找我？"梁琼刚走，唐乔月就问。

"我知道你很早就想问的。这次找你帮忙，也该还你一个解释的。刚刚，我和方碧晴也坦白了。"江一楚呼吸沉重起来，"就是……为什么，我放弃了演讲比赛第一名。"

走廊里一扇门突然打开，方碧晴穿着臃肿的睡衣，遮遮掩掩地朝拐角处走。唐乔月看出她在干什么了，她右手举在耳边，眼神四顾，明显就是在打电话。

路过的时候，唐乔月来了句："我们宿舍刚被抓，你还顶风作案。"

方碧晴跳着转过身："你怎么偷听啊！"

"我路过，好心提醒你一声！"

不给方碧晴顶嘴的机会，唐乔月"嘭"地关上门。

重把手机递到耳边，方碧晴低低道："一个同学路过。"顿顿，"我想借你们企业的名头……这笔钱，以后我一定还你，但不能让爸爸妈妈知道。方景鹏，这次算你帮我，好不好？"

第二十二章　背　离

天气越来越冷。一进宿舍，镜片上就白雾茫茫。

这晚到宿舍，唐乔月一进门就看到梁琼站在许文婷床前，死死盯着她。

"怎么啦，你们？"唐乔月笑道，"这么严肃。"

梁琼右手举起一样东西，朝唐乔月晃了晃："看这个。"

唐乔月惊呼起来："这是你手机啊！你拿回来啦？"

梁琼一边按着键，一边发出全宿舍都能听见的声音："这是那天陈老师来查房的时候，给我打电话的号码。"梁琼把显示屏递过来，"我已经知道这个号码是谁的了。"

梁琼说完，朝许文婷恶狠狠看了一眼。

唐乔月怔怔地望着梁琼，再看到一言不发的许文婷，心里像打翻了一杯硫酸似的，已经猜出了大半。

"乔月，你想不想知道这个号码是谁的？"梁琼理直气壮地问着。

唐乔月慌道："你……你手机怎么来的，路上怎么没告诉我……"

梁琼没告诉她，手机是托许卫平趁老师不在的时候偷偷拿出来的。

梁琼冲到许文婷床前怒吼："把手拿出来！捂着做什么？让它响啊！"

许文婷躺在床上，闭眼沉默。

唐乔月用力拉住梁琼。此情此景，让她彻头彻尾地发冷——许文婷终究……还是做了！

"你看到了。"梁琼直视她，"我拿到手机后就查了这个号码，发现是本地号，心里已经有了怀疑。回宿舍一试，她的手机响了。"

梁琼手指许文婷："因为嫌我烦，就特地带一个手机来曝光我，简直恶毒！"

"我恶毒？"唐乔月没来得及说话，就听到许文婷幽幽开口，"我不过是让你明白，被室友暗算，是什么感受！你当初对我做这种事的时候，想过报应没有？"

梁琼像吞了一个鸡蛋，一张脸突然涨成猪肝色，最终定定看向唐乔月。

她用耳语般的话音低声道："……吹风机的事，你告诉她了？"

唐乔月待在原地，进退不得。

梁琼恍然大悟似的点点头，怒气烟消云散。她静默了一会儿，爬上了自己的床位。

其他几个室友也一言不发地躺下了，剩唐乔月站在中央，仿佛置身荒野，失去了方向。

"你怎么心不在焉的……"

周二傍晚，直播间，江一楚把音量键往下拨了拨。

"你好像今天有心事……"江一楚挠挠头，"那我也不多说了，开录吧。"

唐乔月歉意地笑起来："不不。我听懂了，也理解了。你说了这么多，其实本意不坏，只是……陈老师的家事，我也不好评论什么。"

"请你一定保密。"江一楚正色，"我只告诉了你和方碧晴。毕竟，我的不辞而别，对你们都是不道德的。现在也算卸下一个包袱。"

江一楚苦笑："陈澈现在不肯与我合作，我才只好找你，录一段笛声代替陈澈来和音，希望效果逼真才好。"

唐乔月也苦笑："你至少正一步步解决着问题，我呢……

遇到层出不穷的问题，连对策也没有。"

"还生气吗？"

终于还是来和好了啊。方碧晴盯着手机，有些轻松地想。

还没回，李好又来了一条："我还是希望你采取正确的办法，不要作弊。唐乔月在脚踏实地努力，你就算赢不过她，至少可以赢过自己。"

方碧晴刚刚升温的心情直跌原点。

唐乔月是真的在脚踏实地努力——什么意思？

方景鹏在大企业，又正好是……她的熟人，而已——对，李好知道方景鹏和她的关系，所以在这件事上一定会反对她——这又怎样，重要的是，她可以节省下时间不影响学习。

高一的时候，听说有这个赞助形式，就已经跃跃欲试了，就怕占用时间，不敢随便实施。跟唐乔月提出挑战的那天，确实是带了点冲动吧——

但，这个社会，对人的评价，不都只重结果，轻过程吗？

方碧晴有点恨李好。

在她怀有期待和憧憬的时候，不合时宜、不留情面地打断她。

她心狠手辣地写下长长的内容："唐乔月怎么做都是对的。只要你还向着她那边，就别假惺惺地跟我来示好。告诉你，我不麻烦你，也已经解决问题了！从这一点来说，你没资格质疑我的能力！"

生怕自己后悔，迅速按下了发送。

第二十三章　树　洞

又一个傍晚，唐乔月陪同江一楚在广播站录制笛乐。

休息的间隙，江一楚说："你上次说的事，我倒有个点子。"

唐乔月眼里露出疑惑。

"'树洞'知道吧？你想不想借助广播，搜集同学们的心里话，把适合拿来公放的剪辑成段，给大家一个吐槽的机会？"

唐乔月恍然大悟："你是说，把匿名的声音片段，做成采访一样的合辑？"

"对。"

"会有人参加吗？"

"这简单，你做个宣传。以后没有节目的傍晚，直播间对外开放，他们可以随时到这里来录音，你只需教会他们设备操作方法就行了。"

"这……"

"当然，也可以注册一个公共邮箱，让他们把录好的片段发过来，你筛选即可。"

"可我是为了私人用途啊……"

江一楚轻轻道："其实，比赛结束后的那几天，我常常希望学校里能有一个匿名说话的地方……有些话，憋很久了。"

唐乔月陷入沉思。

"采不采纳你自己定，如果愿意，不如就让我当第一个试验者？"

中午，唐乔月避开涌向食堂的人流，只身来到校外的打印店。

她并不认为江一楚的建议特别好，但眼下，只能死马当活马医，试试吧！她自掏腰包，印了两百张宣传页，上面是江一楚帮她想的宣传语"树洞栏目，给你一个只有回声，没有倒影的私密世界"。

一页纸上印四份，裁开后就一共八百份，差不多能覆盖三个年级的受众。

热腾腾的纸张捧在怀里，给了唐乔月某种期待。

她回到教室，理清桌面，开始裁纸。一张张嫌慢，就四五张叠在一起。裁过的纸边非常锐利，手指上很快有了微凉的痛楚。

因一时贪心又着急，裁纸刀一个趔趄，左手食指立刻渗出血来。

唐乔月叹气，又忍不住有了杂念：这一切，真的值得吗？

从医务室取了碘酒和棉签，唐乔月突然感到了饥饿。

走上食堂和校医院间的小道，唐乔月低头看路，没注意到有两个身影拦在前面。

"你？"唐乔月惊讶道。

方碧晴和一个陌生男子面对面站着。

陌生男子看起来比方碧晴大不了多少，西装革履，明显不是学生。

更关键的是，方碧晴手上攥着一叠钱，从那架势看，是陌生男子给她的。

方碧晴怔住了。她没想到唐乔月会忽然冒出来，好像——刻意来戳穿阴谋似的。

看到方碧晴眼里能杀人的光，唐乔月连忙道歉："sorry，sorry，我路过……"做贼似的逃开了。

冬天最难熬的事情有两件：一是起床；二是从教室出来，到空地上做课间操。

唐乔月缩着脖子站定，回头看到方碧晴竟神不知鬼不觉地换到了自己后面。

一股毛骨悚然之感攀着脊背爬上来："干吗？"

"昨天你路过我们，确定是意外？"

唐乔月心凉半截——这个神经病还在怀疑这个！

唐乔月懒得理她。

"我好心提醒你，最好抓紧点。"

"什么意思？"

方碧晴笑了一下："如果到现在还没收获，不如趁早认输，免得浪费时间。毕竟……"

唐乔月一口气堵在喉口，一个转身运动一下变成了方碧晴在前、她在后。

方碧晴从前面回头，得意扬扬："你最后要还是输了，就别再不甘心，以后少那么自以为是。"

"这是其中 100 张，你把三楼的同学搞定，其余我自己来。你肯帮我发单子，我已经感激不尽了。"唐乔月放下厚厚的宣传单，"我现在充满干劲，恨不得大家把直播间挤爆！"

"受了什么刺激啊？"江一楚一边笑，一边递上手里的U 盘，"这是我用手机录的，算作树洞栏目的第一个声音。现在把它交给你。"

第二十四章 奇 迹

"时至今日，我除了承认自己的错误，也在每天的反省中，看清了你的懦弱。如果不是你执意回避伤疤，又怎么会一再拒绝我的道歉，还继续跟陈老师为敌？那件事后，我和你爸爸私下里见过几次面，他希望通过我向你转达一些忠告。可笑的是，你活在自己的世界里，一直以为自己是这世上唯一受伤的人，我不禁想狠狠骂你一句：懦夫！如果你真的够胆，当初，为什么连递交一封信的勇气都没有？你所谓的执着，只敢对我——你口中的'伪君子'，发威而已。其实，你比我好不到哪里去！"

唐乔月在位子上呆住。江一楚总有办法让她凝固。她疙疙瘩瘩地问："你在说，陈澈？"

江一楚露出浅浅的微笑。

唐乔月没有再问下去。这番话，虽然不可能公开播放，但也已经直击她心底了。

起早出门，路上还氤着薄薄的雾。

路过低矮的枫树林，牛奶似的薄雾罩在沉沉暗红之上，尚未化开的霜冻有了难得的柔情。

停步，习惯性地拿出手机，拍一张照片。

影像定格的一刹那，一个念头浮起：为什么她之前没想到？除了做广播，她也可以通过摄影这类途径，去"雅集人"上面展示嘛！

十字高中里有很多值得一看的风景，不失为一个增加筹码的好办法。

她很快决定了这件事。上午做完课间操后，再次找到黄老师，跟她借来一台单反相机。

为此，她还特地借了一本《单反摄影入门》，匆匆浏览，知道了一些基本拍摄技巧，开始在饭前饭后穿梭于学校各个角落。

取景、构图、裁切……这才悟到，课堂上教的知识再怎么难，也好比扶着墙走弯路，至少有方向；而自学的过程，好比摘下蒙眼的黑布，从零开始，去熟悉一个新的世界。

只能硬着头皮上了。

相机说不上重，但要保护好机器，也算得上体力活。

回到直播间来不及整理，先赶紧趴在桌上小憩一会儿。

醒来，关好电脑，摆好相机，关门，急匆匆走往教室。

生活一下子忙碌了好多。

唐乔月闲下来的时候思索，这种慌慌张张的日子到底是好是坏？真要追究起来，她现在的目标其实比一心想赢过方碧晴单纯多了。在方碧晴用自己的稿子夺得第一之后，她心里确实剩了不公、不甘、不服。为了翻盘，接受约战，此刻，却还是像原先那样怨怒着吗？

她一边想着，一边点击照片。

帖子发布成功的提示音像一种回馈，在她心上弥漫出一丝甜美。

"你想了半天，就想到这些啊。而且，我看水平有限呢。""井底之蛙"的语气叫人恼火。

唐乔月只好不咸不淡地回："这不正在慢慢学着吗。"

"广播节目也有点旁门左道。这些心声，像是为了迎合论坛某些人的窥私欲。"

唐乔月心底冒火，"井底之蛙"接着说："总的来说，你的创意终究没打动我。但看得出你费了很大心思，没有功劳也有苦劳。"

"我已经发了九个音频、二十多张照片，帖子开了十几个。顶我的人还是少得可怜，太没劲了。"

"这样消沉当然等不到奇迹咯。"

"少说风凉话。我上课去了。"

"去吧。我替你看着，说不定，'奇迹'见着我，就屁颠屁颠送上门来了。"

蓝幽幽的天幕上月影光洁，12月的空气比其他季节都要来得干净。

唐乔月吃完饭，又一头扑进直播间。

这段日子，响应她来直播间的人和送她积分的一样，寥寥无几。

有几个通过公共邮箱发来的音频，内容太过琐碎，音质也不够上乘——"宿舍卫生间的门有一回关上了就打不开，害我在里面待了十分钟……"

登陆"雅集人"，积分仍旧平淡如水。所有帖子合算下来，顶多换到一百块……

自己掏都能掏出这么多。

敲门声响起来。

唐乔月关掉页面，回头，刹那间身子在空气里凝固。

"你好，"来者在门口礼貌地问，"我来参加树洞栏目的，是这里吧？"

"……是的。"唐乔月愣愣地答，脑子转不过弯来。

第一个敲开直播间大门的，是程仲杰。

唐乔月这才得以看清他的面貌：国字脸、浓眉毛，眼睛大而有神，嘴唇比一般人的都厚，肤色是健康的黝黑，非常憨厚、忠诚的模样。

程仲杰尴尬一笑："是这样的。我想录一段话给一个女生，但音频不能让你们保留，因为隐私所迫……当然，你不答应就算啦，我只是……"

唐乔月思绪绕过九百九十九弯："可以。不过……我能不能推断，你如此小心翼翼，是因为，你说的人就在我们学校？"

程仲杰脸上浮出一抹淡红，不置可否地笑了一下。

唐乔月心领神会地点点头，转身，将键盘调试完毕："……这个按钮不能动，是来开启公放的。你讲话的时候要对准话筒，根据波普调整嘴唇和话筒的距离。如果声波超出极限就是爆音，听起来会很刺耳……"

程仲杰一边听，一边念念有词。唐乔月听到他是在默默重复，加深记忆。

这个细节，让她微微一愣。

这样认真的人，实在无法和"作弊"联系到一起啊。

在门口徘徊有十几分钟了，直播间的门依然紧闭。

也太久了吧。

她转了一下，才发现门已被反锁。莫名的怒火从心底蹿起来——再怎么隐私，也不能把直播间密闭起来，万一出事故呢？救急都来不及！

她正准备抬手敲，紧闭的门突然打开了。

"抱歉啊，我重录了好几遍，真对不住。"程仲杰肤色黝黑，脸一红更有一股憨厚的味道。

"哦……"唐乔月心不在焉地应和着，瞄了一眼电脑桌面——他果然已经全部清除了。

"……等于把设备借你做私人用途了，但还是希望你录的东西能起作用。"唐乔月蜻蜓点水地表达了一点不满。

"谢谢谢谢，"程仲杰的表情很是诚恳，"麻烦你了。"

唐乔月点点头，看他下楼、走远，才再回到电脑前。

她仔仔细细看了一遍桌面，一点多余、残留的文件都没有。这和他先前细致、认真的性格完全吻合。

但唐乔月接下去的举动，程仲杰这辈子都不会知道了。

这是只有广播台台员才清楚的。

为防止直播间电脑因故障而丢失重要文件，这台机器和隔壁办公室电脑是互联的。

她点开"新加卷"，又点击几个文件夹。很快，她就看到了那个本该被程仲杰彻底抹去的音频文件。

通过话筒录制的声音，除了在直播间电脑生成，在办公室电脑上也会同时生成一个备份。这也省下了他们每次后期处理时，要把文件拷来拷去的麻烦。

她知道，一直都知道。

这份欲擒故纵的心机——唐乔月不禁为自己齿冷。

就因为知道他做过不光彩的事，所以对他好奇，想一窥究竟吗？

这和"作弊"有什么区别？

视线里的音频文件，像恶意窃取来的果实，不知该双击播放，还是即刻删除。

犹豫之际，裤袋里的手机震了一下。

"井底之蛙"："记得登录论坛看看。我说对了吧，奇迹见着我就来啦！"

第二十五章　意　外

盯着"雅集人"BBS首页的"全站热帖"，唐乔月半天回不过神。

"怎么会？！"唐乔月向"井底之蛙"发去无数个叹号。

"激动吧。嘿嘿，和我预料的一样，你的帖子老半温不火的。看你实在可怜，我只好发动了网络上认识的所有狐朋狗友，登上论坛给你送积分来了。我的个乖乖，没想到我不做大哥好多年，一声令下，效果还不错。"

唐乔月盯着这段语气痞痞的回复，心情像窗外的景致，分外皎洁——

所有音频、照片合起来，竟有两万五千多分！

——实打实的两千五百元！

唐乔月来不及回复，泪就先掉了下来。

江一楚转过一个拐角，朝自己的教室走。

一个黑影突然从身边擦过，带着熟悉的高度和速度。

"陈老师……"

"这几天见过陈澈吗……"陈启军也不跟江一楚兜什么圈子，开门见山。

"陈澈他，特别固执。"

"嗯。"

"陈老师，其实我没有立场来说这些话的，但我还是觉得，陈澈一直这样，有点过分。"

见陈老师沉默，江一楚连忙道歉："我不该这样说。"

黑暗中传来陈启军叹气的声音。

"陈澈的脾气，我知道的。"

陈老师拍拍江一楚的肩："你回去吧。其实，我也劝过他回民乐团和你一起演出。算了，你好好加油。"

江一楚站在原地，一言不发。

周末，暖融融的冬阳、凛冽而清澈的空气……一切都比以往更干净、惬意。

"……怪不得这么开心，你现在是身家四位数的'富婆'了。"李好揶揄道。

"这次是遇上了贵人。"唐乔月一脸雀跃，"事情能这样圆满解决，做梦都不会想到！"

"方碧晴呢，拉到多少？"李好问了一句。上次电话翻脸后，他俩一点联系都没有。

"不知道啊。"唐乔月眨眨眼，"我还期待跟你套点秘密呢。"

李好笑笑："你说的这个网友到底是谁？"

唐乔月语气遗憾："你提醒我了。我这次得约他出来，好好感谢。"

"小心几千块钱就把自己卖喽。"

"我已经提交了申请。不出意外的话，下周就可以拿到钱，下下周就是迎新晚会。一拿到钱我就和论坛主管联系，看能不能拉到一个冠名。反正是帮他们做宣传，肯定不会不同意嘛！"唐乔月头头是道地分析着。

天阴了下来。

星期一下午，方碧晴敲开了团委办公室的门。

那张盖有单位证明的纸落在了老师的办公桌上，她摘掉帽子围巾，露出了包裹在里面的笑容："老师您好，我是高二国际班方碧晴。这次晚会的赞助筹集，我希望自己也能出一份力，这是从富丽建工集团谈到的 3000 元赞助，您看看。"

连日疲惫，换来一瞬的放松，竟让唐乔月有了莫名的惆怅。

她在电脑前点着点着，看到了那个新加卷下的文件夹——

刚松懈的神经，又瞬间拧紧。这几天，几乎将这件事忘了。

唐乔月戴上耳机，听到了程仲杰试图隐藏的声音：

你不肯接我电话，我只能用这种方式对你说。

在你眼中，我是个令人讨厌的家伙，打扰你、骚扰你、困扰你。所以，我的那些小伎俩被你发现时，几乎彻夜难眠。你是多么骄傲的人啊！我努力许久，在你眼中瞬间如同灰烬。

你以为我为什么要这么努力？

在清水三小的时候，我就认识你了。你在 7 班，我在 2 班。

第一次见你，是达标运动会。你跳远跳差了，被老师当众拎了耳朵。我无意看到了这一幕，心里又害怕又心疼：一个小女生啊，老师怎么能这样！

周围一圈人都没声响，我却因此记住了你，和你一个人擦眼泪往教室走的样子。

不知为什么，我对这一幕念念不忘。

是不是因为这个，你的求胜心才变得那么强？

那届小学毕业考好多人都考得不错，包括你在内的好多同学都进了华川。那一批人，有我。你留意过吗？

我还是远远地看着你。好多次，看到你在拐角处，和一个叫李好的男生头挨着头，讨论英语作业。我假装从你们面前经过，你们谁都没有抬头。

我常常自卑，李好是多么优秀的人啊！你和他在一起，像双剑合璧。

我是乡下孩子，没多少朋友。你身边，都是谈笑风生、独具个性的优秀人物。

我观察过、了解过你，能引起你注意的方法只有一个，就是让自己跟你一样，在学习上力争上游，展现出自己的实力。只有这样，你才会通过排名表慢慢记住我。

所以，我才在努力的途中，性急地用了卑鄙的伎俩。

可当你拿那样不屑的目光看我时，我整个人都崩溃了。

我的请求只有一个，请你正视我。正视我这个人，用平等的、信任的目光，就这一个请求，可以吗？

声波结束，后面剩下的是心电图般死寂的平线。

唐乔月也像个死人，坐在位子上动弹不得。

背后传来开门的声音，她像被针扎了似的，一下跳起来——

"又要麻烦你啦。"黄老师面带微笑，"团委安排我们做一个专访，就是那个方碧晴同学，她给晚会拉到了3000元赞助！团委老师特别高兴，我们下周二就把她请过来，正好在临近晚会前让她聊聊自己的经历。你周末准备一下，行吗？"

第二十六章　冷　风

补习教室大楼的不远处，是一家环境清幽的"缘来如此"。

听店名就知道是个适合情侣们幽聚的地方。昏沉的光影浸润在一片融融暖气中，空气里流淌着 Kenny G 的《Forever in love》，周遭飘散着的都是暧昧、甜腻的气息。

这种地方，李好是不会来的。

唐乔月也不会来。

但此刻，他们俩在最外面的落地窗旁，相对而坐。

她本来是上补习班的。但走到楼下，想起上周自己满腹信心、神采奕奕的模样，心情越发恶劣。

方碧晴说到做到了，她真的赢了。而自己，还得在败北的耻辱中，以一个钦佩者的身份，对她做一次专访。

李好点了两杯饮料，把杯子推到唐乔月面前："你们差很多？"

"我大概能有2500，她拉到了3000。我手上这笔钱，也没必要去提现了。"

"3000啊……"李好喃喃，心头却像有一颗定时炸弹，开启了倒数。

当初她开口要的数字，竟然真的拿到了！她那天短信里的气话，也是真的："我不麻烦你，也已经解决了问题！从这一点来说，你没资格质疑我的能力！"

难不成，他拒绝帮忙，反倒刺激了方碧晴完成任务，击败了唐乔月？

他不想偏袒谁，一个是他最好的朋友，一个是他眼里最值得交往的女生。

"后天还得采访方碧晴……我要当着全校自取其辱了，"唐乔月说着说着，声音又低下去，"我真是……活该！"

李好的眼里流露出关切："胜败乃兵家常事，你不要看得太重……"

"可我好像从来没有胜过，月考失利、演讲失败。这次，还是输了……"唐乔月声音断断续续，"多蠢啊！为了攒积分，想了那么多笨办法，做什么乱七八糟的广播啊，拍什么没头没尾的照片啊，最终连个冠名都没拿到。人家随便一拉，就是富丽建工集团……"

李好的语调提高了几分："富丽建工？"

唐乔月哀哀地答："是啊。你听过？"

迎面而来的风像刀子，即便捂了很厚的围巾，也无法阻止寒冷见缝插针。

唐乔月还没吃晚饭。她先回寝室，一言不发地收整东西。

一言不发是有原因的。一是心情太过复杂，李好早上在"缘来如此"和她说的话，一直在她耳边回旋、爆炸；二是因为——梁琼也在。

这是她俩冷战以来，第一次在同个房间独处。

梁琼站在自己的椅子上，半悬着手臂，整理床铺。

忽然抬头，"嘭"一声撞上了床板。

结实的疼痛让梁琼憋出了泪，捂头坐下来，感到一个影子立到跟前："要不要紧啊？"

声调还是平平的，但听得出，是真心的关切。梁琼睁开眼时，觉得眼周湿湿的——

她也用同样冷冷的语调答："没事。"

方碧晴从暖烘烘的教室出来，打了个哈欠。

女厕蹲位少，总需要等上好几分钟。

等待的间隙，忽然感到背上有人用手指轻轻点了点她。

她回头，有些呆愣："你？干吗啊？"

梁琼神秘兮兮地对她招招手："过来，有话跟你说。"

方碧晴莫名其妙跟着梁琼走到楼梯底下人少的地方，还没张嘴，梁琼就扔给她一个重磅炸弹："唐乔月这次跟你比拼，你小心点。据我所知，她有很多人帮忙。"

方碧晴张着嘴巴，一时反应不过来："你在说什么呢。"

梁琼声音低低的："我就说这么多。"说完，转身要走。

"你等等。"方碧晴一把拽住她，"你怎么这么莫名其妙？你不是她的好朋友吗？为什么来跟我说这些？"

梁琼懒得解释："现在不是了。"

"可笑。"方碧晴冷眼看她，看来梁琼还不知道自己已经赢过唐乔月了，"当初你为了唐乔月，都不惜跟我闹翻，现在这样背地里阴她。你这种人说的话，你觉得值得相信吗？且不说你这几句没头没尾的话会对我有什么实质性的帮助，光从朋友的角度来讲，我都替唐乔月感到不值！"

梁琼瞪大了眼睛看她的背影，一个字都说不出来。

来到直播间的时候，方碧晴已经和许晴、马子俊两个人有说有笑好一阵了。

唐乔月推门看到这一幕，短瞬地愣了一下，面上却保持着极为镇定的神色。

"台长来啦！"马子俊招呼一声，"方师姐来得早，跟我们聊天呢！"

唐乔月不温不火地回："是吗？"

许晴敏感地嗅出了点什么，对马子俊使了个眼色："台长，那你们准备直播吧。我们会在隔壁等着，有事就叫我们，不打扰了。"

两人出门，唐乔月也没说什么，倒是方碧晴客气了一声"辛苦啦"，弄得气氛有些尴尬。

"当着小师弟小师妹的面，都摆脸色呢。"方碧晴笑嘻嘻地说了一句，"说了愿赌服输，你心眼儿怎么这么小？"

"愿赌服输没错，"唐乔月直视方碧晴，"那得基于公平！"

"公平？怎么不公平了，又要搬出你那套理论和我狡辩？"

唐乔月冷哼一声，在位子前坐定，把另一个话筒往方碧晴的方向一拨："如果你问心无愧，那就对着话筒大声讲出来。"

方碧晴微微一愣。她在位子上定了几秒，往话筒前一靠，掷地有声："真是好笑，我有什么愧的，开始吧。"

第二十七章　直　播

"问候到各位老师同学，这里是十字星校园广播台。"

唐乔月一贯的开场，冰冷的语气已披上了温柔的外衣。

"又到年末，一年一度的迎新晚会将在下周一晚拉开帷幕。今天，我们请来了对晚会做出极大贡献的方碧晴同学。"

唐乔月将第一个声控键往下一拨，第二个声控键推起，示意方碧晴可以出声了。

方碧晴也不看唐乔月，柔声："大家好，我是来自高二（1）班的方碧晴。"

"这次晚会赞助，听说方同学一人拉到了 3000 元赞助，不小的数额啊。"

"呵呵，也还好。"

"听说赞助单位是富丽建工集团，方同学怎么联系到他们的？"

"因为我初中就读的母校，有建工集团专项设立的助学金。集团对助学奖学这方面的支持力度大，所以我想对学生活动一定也很支持才对……我是两周前前往建工集团总部……"

方碧晴滔滔不绝，唐乔月越听心越冷：真能编啊。果然是有备而来。

"……所以，当我说起学校一年一度的……"

唐乔月有些莽撞地打断她："中学生凭一己之力，竟可以和一个大企业谈判，确实很有能耐，一般人是做不到的。"

方碧晴刚要张嘴，唐乔月却将方碧晴的音量拨到底，方碧晴的声音突兀地断掉了。

"我还了解到，"唐乔月继续道，"方同学为了这次赞助，特地麻烦了自己在建工集团工作的哥哥。可以说为了这次晚会，全家总动员。方同学不如跟大家讲讲自己的家庭，怎样的家庭教育，才造就了今天这样优秀的你。"

唐乔月把自己的声控键慢慢拨回，把方碧晴的话筒调至公放。

她缓慢推动的指尖，像要在方碧晴心上缓缓犁出一道深刻的疤痕。

方碧晴愣住了。

为了把 3000 元的来历说得滴水不漏，方景鹏早前特地跟她讲了好多可以用来糊弄人的集团信息。真要有人出面的话，方景鹏凭自己在单位的位置和能力，完全有本事把行政主任叫来充个门面，不怕出事。

但唐乔月怎么知道，她有个哥哥……她发现了？还准备当着全校人，揭穿她？

方碧晴眼神烈烈地朝唐乔月看，唐乔月也毫不畏惧地直视回来。那个与外界直接相连的话筒前，仿佛随时可能爆出轰鸣。

直播间里，空气凝固。

方碧晴不去看唐乔月，声线平稳："家庭环境确实重要。家庭的健全，是一个人健康成长的基本保障。"

"方同学从小到大，是否有过一些特殊经历，让自己获得了比别人更强大的学习信念？"

"也没什么特殊的经历，我和大家一样……"

话筒里又突然没了电流，她定睛，是唐乔月把她掐掉了。"比如，"只听唐乔月冷冷道，"小学里因为体育成绩不理想，遭遇霸道的老师拎耳朵。这样的屈辱，很容易在幼小的心底种下奋发图强的信念，毕竟童年阴影是很多人一生的魔咒。初中实行双语教育后，因为英语成绩不佳，跟不上学习节奏，不得不常常求助于他人而感到自卑，这也会激发自己的上进心……方同学，有没有过类似的经历？"

方碧晴极力控制的理智在唐乔月疾风暴雨般的揭露中一点点瓦解。

唐乔月擅自剥夺她发言权的时候，她忍了。

忍了一次两次，这次，她竟然……用这些话噎她——

她靠近话筒，话锋一转："唐同学刚刚说的是一方面，挫折里成长。这还算好的，挫折给人教训，失败是成功之母嘛。怕就怕，为了成功不择手段，就像当初唐同学月考作弊被抓，成绩都那么靠前了还不满足。不过人性自古如此，从来都是人心不足蛇吞象！"

唐乔月瞪大眼睛，见方碧晴把声控键拨回，鼻子里"哼"了一声。

唐乔月不管不顾道："方碧晴，说话要讲证据。"

方碧晴也不客气："我倒希望是我空口白话污蔑你，奈何，连你最好的朋友都暗地里给你使绊子了，你身边还有多少可靠的人？"

"什么？"

"没想到吧？被自己的好朋友从身后捅一刀，你以为我愿意说？"

"你以为你的话可信吗？"

"总比你这种随便在广播里制造噪音的女疯子要可信！"

"说话放尊重点！"

"尊重是相互的，要不是你先掐我话筒，我犯得着跟你一起丢脸？"

"你说谁？你自己……"

马子俊和许晴从门外闯进来。这场令人瞠目结舌的闹剧随着两颗声控键统统归底，才有了收场。

周四傍晚。

方碧晴跌跌撞撞套上鞋套，找了一台机房角落的电脑坐下。

迅速键入搜索词：十字区教育局。

官网上四处查看，很快看到了一个"政策条文"栏目。方碧晴点击进入，上下推动滚轮的手指停住了，眼睛盯着好几个月前发布的一条信息：《关于进一步加强中小学教师职业规范化建设的通知》。

拉下来，有一条是关于"私下违规开展或参与商业性补课，以个人名义收取相应补课费"的惩处规定。网页的最下方，写着一个监督举报电话。

第二十八章　惩　罚

直播闹剧最终的影响范围有限。一方面，那个时段全程听完广播的同学有限；另一方面，隔壁声控室的马子俊和许晴，早就在两个人的话题开始偏离正轨的时候，就掐断了公放的信号。那些激烈的言语虽然被录了下来，但总算没有传播开去。

从逸夫楼出来，方碧晴和唐乔月的影子一前一后地移动，与地上的植物阴影混在了一起。

"你怎么知道的？"方碧晴停下脚步，目光直逼过来。

"很重要吗？"唐乔月白她一眼，"若想人不知，除非己莫为。你用这种手段，不用别人告诉我，我迟早也会知道！"

"谁是别人？"

"那天在校医院和食堂之间的路上，那个给你钱的人，是不是就是你所谓的建工集团代表？"唐乔月的语气里有种深深的嘲讽。

方碧晴扳住她的肩膀："你到底知道什么了？"

唐乔月甩开方碧晴："自己做了亏心事，还来问我。"

方碧晴鼻孔里透出一记冷哼："我不知道谁在帮你，但你以为自己得道多助，我失道寡助对不对？结果呢，你的好朋友梁琼，还背着你来提醒我提防你呢！看看你身边都是些什么人，假模假样、逢场作戏。我不过跟一个一文不值的家伙在竞争。"

唐乔月呆住。

方碧晴不依不饶："你告诉我，到底是谁告诉你我的事情！"

唐乔月发出一丝哂笑："我遭到朋友背叛，你就没有？"

"李好告诉我的。"唐乔月的脸在路灯下阴晴不定,"看到没,你比我好不到哪里去。"

方碧晴一字一顿:"他连我哥哥都说……"

"每周末见面,他都替我谋划分忧。他知道你做了什么,替我不平,才跟我透露了真相。方碧晴,连你的好朋友都看不下去……"

"每周末?"方碧晴难以置信。"你们每周都见面?难道在一起……上课?"

听方碧晴如此迅疾地说出了答案,唐乔月才猛想起,李好嘱咐过,不要告诉方碧晴,他们俩是在补习班上认识的。

等她反应过来,话已出口,一切已晚。

从机房出来,方碧晴掏出手机,拨通了一个号码。

"方景鹏的事,是你告诉唐乔月的?"

"我……"李好一时语塞。

"你连这种事,都告诉了她?你还有什么对她隐瞒的?"

"所以你的钱,也真的不是自己拉的……"

"跟你有关系吗?"方碧晴的语气像结了冰,"你既然不肯帮我,我自己想了办法,你还暗中拆台。本来什么事都没有,现在好了,唐乔月跟我又卯上了。你嘴上说得好听,希望我们和平相处,心里巴不得我们天天翻脸吧。"

"这件事本来就你有错在先，你知道唐乔月为了这，费了多少力气？"李好的声音也慢慢激动起来。

"李好，唐乔月对你，算什么啊，"方碧晴的声线微微颤抖，"你不就跟她每周见一次面，我跟你初中三年，跟她一比就什么都不算了？"

电话里的李好突然噎住，好久好久才问："你知道了……"

"知道了。我用脚趾头想也知道，一定又是你小姨！"

"我……"

方碧晴打断道："你有空关心唐乔月，不如去关心关心自己的小姨。为了护住小姨，说我卑鄙。事实上呢，做违规操作的，是你们自己！"

李好站在斑驳的梧桐树影里，僵立如雪人。

周五的晚自习，唐乔月上到一半，假装上厕所，从教学楼里悄悄跑出来。

只身来到逸夫楼，点亮广播台的灯，开机。

她又登陆"雅集人论坛"。上次提交申请后，因为方碧晴的事，她都忘了还有这笔钱。不知道申请到了哪个阶段，要是真拿到手了，该怎么办？

好几个"提醒"在闪烁。

有一条新消息吸引了她的注意。

那是一条和其他消息相区别开来的系统通知，以红色字样显示，格外醒目。

尊敬的会员，您好！

本站为鼓励广大雅集人踏实创作、奉献精品，故推行特色积分制，以回馈广大坛友的辛勤付出。但根据系统监测显示，您于20XX年12月18日下午17点06分至18点10分在音频类主题帖"XXX"及图片类主题帖"XXX"中所获得的总计25250积分属恶意刷分，经管理员认定，积分无效。

为净化论坛交流环境，树立论坛正面形象，即日起对此号做禁言三月处理，除查看个人信息外，其他操作均被受限，待解封后方可正常使用。请您吸取教训，恪守公平创作原则。若再有上述违规行为发生，将采取永久封号处理。

论坛管理员

20XX年12月

唐乔月傻傻地读了两遍，脑子里空白如雪。

唯一能点击的只有"个人信息"栏。

点进去，看到的都是在注册时填写的一些个人原始信息。

唐乔月眼珠四处打转，突然，像被人掐紧了喉咙，呼吸不过来。

她艰难地吞了一口口水，趴到屏幕上紧盯，生怕看走眼——

那是账号注册时填写的两个关键信息：真实姓名、手机号码。

上面显示，真实姓名：魏书林。

灯火通明的教学楼里，有一个教室忽然传出手机震动的声音。

同桌推了推方碧晴的胳膊，语气里略显烦躁："是不是你裤袋在震啊？都好久了。"

方碧晴深吸一口气，举枪缴械似的轻轻"嗯"了声，用最快的步伐从教室出来。

跑到幽静无人的小路上，她才接通，用粗粗的嗓子吼："自己不用上晚自习，就这个时候来害别人！"

"终于接啦。"魏书林似乎早料到了她的反应，不急不缓地开口，"反正我没事干，一边上网，一边给你拨。多拨几个，回头你看到那么多未接来电，总会着急。"

方碧晴的语气里充满烦恶："你要干吗。"

魏书林突然转变了态度，透出一般少见的严肃："我帮李好来声讨你的。方碧晴，你太过分了，这次——真的，很、过、分！"

"你又有什么资格来说我？"

"你知不知道李好他小姨现在怎么样了？"

方碧晴愣了一下——她两周前举报的，今天……终于有了反馈？

"小姨她这个学期刚开的班，根本没赚什么外快，结果现在要，全市通报！延迟转正一年！因为华川中学是示范学校，为了杀鸡儆猴，还要让小姨在下周的校委会上念检讨书，做自我检讨！方碧晴，换作是你，受得了这个屈辱？"

方碧晴站在原地，夜晚的空气全部冻结了般，把身体层层圈紧、裹罩。

她当时是恨的。可此刻，她必须承认，她并不想让小姨这样难堪！

毕竟对方是李好啊！

"你说话啊，方碧晴，你这次怎么跟李好交代？"魏书林还在那头吼，"小姨当初还是我爸爸介绍进来的，你真厉害，一个电话，把我们俩都坑进去了……"

不等魏书林说完，方碧晴就按掉了电话。

像具冰冷的尸体，一步步朝教室走去。

第二十九章　白　雪

连着下了两天的大雪，周日上午终于晴了。

昨天下午到家，就被妈妈告知，补习班被强制取消。因老师私自开班被查处，以后都没法去了。

妈妈的语气里有遗憾，也有对女儿的心疼："你可以好好睡个懒觉喽！"

唐乔月张大了嘴巴愣了好久，只能假装自然地点点头："好……"

心事重重地打开电脑，发现邮箱有一封新邮件抵达：

唐乔月：

我是魏书林。既然坦诚相见了，见一面必不可少吧。不上补习班了，就明天上午在"缘来如此"见吧？问题很多没关系，明天我来给你"期末"答疑。

放心，我们不是孤男寡女，李好也来。

井底之蛙 魏书林

看着最后的署名，唐乔月不知为何，竟轻轻地笑了起来。

"缘来如此"似乎永远在单曲循环这首《Forever in love》。唐乔月推门而入，跺跺脚上的积雪。

一只手从角落的位子抬起来，朝她一招。

那张熟悉的胖乎乎的面孔，让唐乔月心头一热。

离演讲比赛结束也就两个月不到，却觉得跟魏书林好久没见了。

摘掉围巾帽子，唐乔月就不禁哈哈笑起来。

"怎么啦？我脸上有花？"魏书林一边推上点好的热饮，一边笑。

"这杯，名字叫白雪，适合今天的天气。"魏书林说。

李好坐在一旁，面带疲倦，也跟着笑出声："我猜，她想起了跟你在网上聊过的那些内容。"

唐乔月惊讶道："你也知道了！"

吸了一口饮料，唐乔月感慨："总觉得，发生在我们身上的故事，兜兜转转，却永远是同样几个人在打对手戏，真是……人生如戏。"

"说得好，"魏书林拍拍手，"像计算机语言里的循环语句，我们几个一起走入死循环，刚结束，又开始，再重复……一切从头，无休无止。"

唐乔月刚想说："又卖弄你的专业术语！"李好却哀哀道："我小姨现在，真的一切从头了。"

魏书林对唐乔月解释："你们补习班的英语老师，是李好的小姨。"

一口饮料差点把唐乔月呛住。

"华川、十字两所学校的招聘要求特别高，这一点，大家都知道。前几年的一个硬性门槛是户口，非本地户籍不能来应聘教师岗。小姨北外毕业，好不容易把户口问题解决了，又遇上改革，硕士学位的必须要有一年以上海外背景。不想让小姨错失机会，才让魏书林的爸爸，帮忙争取了破格……"李好跟唐乔月耐心解释着，"小姨进来已经很不容易了，所以必须得看表现，两年实习期表现好，才给转正。小姨才上岗，拿实习工资。因为口语出色，才决定自己出来挣点外快……"

李好顿了顿，怕自己说得太碎，见唐乔月听得聚精会神，才继续："但你知道，方碧晴她总觉得小姨仗着魏书林爸爸获得破格，是特别可鄙的。初中时，她又知道小姨总关照我和魏书林，所以小姨稍微说她几句，她就对小姨产生意见……"

"原来如此……"唐乔月若有所思，"难怪你要我把补习班的事跟方碧晴保密，怪我不小心说漏了嘴……"

魏书林眨眨眼睛："原来帮凶在现场。"

"小姨现在面临转正延迟，通报批评，还得在校委会领导面前做检讨……最终会不会被辞退都不得而知。"

"哎哎，越说越沉重了啊……"魏书林适时插话。

唐乔月跟着问："你跟方碧晴联系过吗……"

"我还有心情跟她联系？"李好依然生气，"以前我处处偏袒她。自从知道她和她哥哥的事，总觉得，她一个女孩子不容易，心里肯定有委屈。现在想想，根本是骄纵任性，全由着自己。不过是一个领养回来的哥哥，比她优秀了点她就受不了，她以后走上社会怎么办？优秀的人一抓一大把，她都要挨个跟他们拼个你死我活吗？"

唐乔月闻此，赶紧压住李好的手："方碧晴的哥哥……不是亲生？"

李好这才反应过来，当初和唐乔月说的话里遗漏了何等关键的信息，他继续说道："她哥哥是小时候领养来的。开始是父母身体原因，以为无法怀孕，谁知后来方碧晴出生了。照方碧晴的说法，哥哥从小就努力，也许是为了报答养育之恩吧，事事都做得格外贴心。我不知道她童年经历了什么，但那股事事要争先、争宠的性子，大概就是这样来的……"

唐乔月心里风声呼啸，一个个念头像长江九曲盘桓，犁出了道道深浅不一的褶痕。

见两人都陷入沉默，魏书林插话道："……说起来，你是怎么发现'井底之蛙'是我啊？那天在网上来揭穿我，看你好不得意！"

"是'雅集人'啊，"唐乔月的语气里带点怅惘，"管理员说，我的积分是恶意刷分得来的，被禁了号。我这才胡乱一点，看到了你的个人信息，上面有你刚注册时写的名字……"

"我的个乖乖！我说呢！"魏书林拍拍大腿，"狡兔三窟，我是N窟，注册过的账号太多，记不清了。大意失荆州呀！"

"其实演讲比赛结束那天，我就有疑心过，只是缺少证据。可积分，真的是你……恶意操作？"唐乔月试探着问。

"你那样的作品，谁会去顶啊？"魏书林不留情面道，"要特色没特色，要新意没新意，除了几个酸秀才相互假意逢迎，撑死就几千积分吧……"

唐乔月被说得满脸通红。

"你怎么尽干这种事？"李好瞪了魏书林一眼。

魏书林抛出一贯无所谓的态度："玩玩咯。过程比结果重要，对不对？"

第三十章　告　别

晴空之下，积雪的枫树林像刚出炉的蛋糕，红白相间，色彩亮眼。如果可以，真希望能摘取一片，把冬天含在嘴里，融进胃里，藏在心底。

顺着别人踩过的脚印，方碧晴忽一低头，就发现鞋头已湿漉漉一片。

这双鞋就这点不好，鞋头特别容易在雨雪天气渗水。

很像她此刻的心，再厚的保护，也难以回温。

她擦擦鞋子起身，注意到有个人影正立在她必经的路上。

是程仲杰那张表情不变的脸。

见他完全没有要走开的意思，她生起气来："挡在那边干吗！让开啊！"

他还是不动，方碧晴开始大跨步往前。忽然看程仲杰正走向自己，气更不打一处来，怒冲冲调转方向，准备甩掉他。

谁知转身过快，一瞬感到鞋底失去依托，"哗啦"滑出去，整个人跌在了路中央。

笑声从附近传来……

程仲杰跑到身边："没事吧……"

丝丝缕缕的钻痛让她意识到，脚崴了。

在痛感与屈辱的共同催化下，湿哒哒的身体，让双眼也湿哒哒起来。

看方碧晴流泪，程仲杰关切道："很疼吗……"

"你烦不烦啊……"方碧晴的声音里带着哭腔，"你走开！"

下一秒，却感到手突然放空。

力量坚实的背部一瞬顶在了自己的腹上，就势被一双反转过来的手一拉，连人带书包都扑了上去。

方碧晴忍不住低呼："你……"

程仲杰却大步流星，头也不回地把她背了起来。

不敢抬头，只有程仲杰耳边微弱的热量拂着方碧晴的脸，让她产生哄哄的热感。

　　"你自己上楼，小心点。"程仲杰把方碧晴在宿舍楼放下，"要是严重，就抓一把雪冰敷。很灵的。"

　　"抓雪……土不土你！"方碧晴白了他一眼。

　　程仲杰难为情地笑笑："我本来想问你，发给你的那个音频，你听了没有……"

　　方碧晴还是没说话。她放眼看去，一路都是踩烂的积雪，惨不忍睹。

　　"其实，我今天来还想告诉你一件事……下学期，我要转学了。"

　　方碧晴惊讶地抬起头。

　　"是户口的原因。我的户口一直转不过来，到时，还得回乡下考。本来可以高三再走的，但我想，反正在这里也没什么朋友，早点回去，就还有一年的时间去认识新同学……"

　　方碧晴觉得心口有根神经在突突跳，嘴上却还是冷淡无情："打什么苦情牌啊！你走不走，关我什么事。"顿顿，"我今天摔倒，还不是因为你！"

　　"对不起，对不起。"程仲杰的脸上仍是真诚的笑，似乎只要方碧晴开口就已是对他最好的回应，"你上楼小心。"

　　他又突然回头："这次期末考，我会心无旁骛地参考的。

什么都不带，什么念想都没有，你放心。"

他说完，又踩着厚厚的积雪，一步步返回，越走越远，直至消失。

方碧晴朝着他离开的方向，许久许久，不移半步。

唐乔月敲开方碧晴的宿舍门。

"我知道了。"方碧晴的语气里有一种淡淡的疲倦，"明天下课以后，我跟你一块过去练串词。"

说着，就要关门。

唐乔月撑手挡住了门板，用清晰可闻的声音道："对不起。"

方碧晴有一秒的惊怔："嗯？"

"我……"唐乔月眼里光芒闪烁，"我是来跟你说对不起的……很多很多事，不论是演讲比赛、拉赞助、月考、做广播……我不说错全在我，但我感到抱歉。"

方碧晴看了唐乔月良久，静静地答："知道了。"

"等等……"唐乔月鼓起勇气，"找个时间，再跟我一起去次广播台，好不好？"

第三十一章　新　年

婆婆妈妈的音乐老师葛立峰在报告厅里忙得焦头烂额。

江一楚从一旁过来，在唐乔月耳边低声："我跟葛老师说好了。到时，家长上台环节，换我和你一起主持。前面的独舞换给杨威。"

"真豁出去了啊。"唐乔月小心翼翼地笑，厚厚的妆容不允许她做夸张的表情，"又要表演节目，又要主持，还得照顾某人……"

"解铃还须系铃人。这个烂摊子，总得自己收拾嘛。"江一楚西装笔挺，脸上淡淡的忧郁衬得他有种王子般的魅力，"再不济，也就是被陈澈更讨厌，和现在没什么区别。"

唐乔月下意识地拍拍他的手臂。刚抬手，披着的羽绒衣就势掉下去，白皙的肩膀暴露在冷热不匀的空气里。

江一楚眼疾手快地把衣服接住，轻轻放回唐乔月的肩上。

唐乔月觉得脸上有火在烧。

夜色渐浓。

听到纷至沓来的脚步声，方碧晴偷偷顺着缝隙朝外窥看。

说不上为什么，她有一丝紧张——也许是寒冷引起的吧。她自己是这么认为的。

她看看人群，又看看唐乔月。

今天的她，水绿色过膝长袍紧紧裹着纤瘦的腰肢，开衩出一对水鸟，铺陈出繁复、对称的亮白，风格清新明媚，高个儿，穿上高跟鞋，亭亭玉立如一棵新鲜植物。

唐乔月则是黄色系，裙身上银灰色的刺绣印花为她增添了一股复古之气，一起身，足像个刚入世的小公主。

都很漂亮，没什么可比的，但也处处可比。这是方碧晴永远挥之不去的念头，今天自己会比她更好看吗？

想起唐乔月先前跟她说的话，她的心又像泄了气的皮球，瘪瘪的。

"我希望你再跟我去一次广播台……弥补上次在广播里的争吵，把你重新介绍给大家，不管有没有效……"

她想不通唐乔月玩得是哪出。

缝隙之外的人群里，程仲杰的侧影像幅短暂的烟景，从眼前晃过。

她的眼神，停顿了那么一秒。

"……等会儿家长一上台，你就把那个同学领过来……"江一楚对负责礼仪的女生说，"对，不戴眼镜。不用说什么，就说江一楚请他到后台来一下，他会来的。"

民族舞就快接近尾声，江一楚嘱咐完，和唐乔月并肩站定，做好了上台的准备。

掌声响起，上场报幕。

"每年的迎新晚会，我们不仅要和老师们一起迎接新年的到来，也和一向关心支持学校的家长们迎新。又到了请上各位家长的时刻了。为了给足大家惊喜，所有同学都不知道哪位家长会被邀请至现场。请屏住呼吸，让我们迎接第一位家长！"

一个头发蓬松、打扮时尚的中年女子唱着一首《隐形的翅膀》上台。很快，会场右后角传来了惊呼，大家回头。那个激动的女生大喊："妈妈你好美！"

场下哄闹四起，江一楚仍用标准的普通话朗朗道："隐形的翅膀，带我们飞跃荆棘，跨越苦海。高中时光，因为有你在我身后，才让艰辛的旅途不再艰辛。终有一天，我们将看到栀子花开……有请下一位！"

唱着《栀子花开》的男士头皮微秃，面带羞涩地从后台走出来。不多时，一位男生从位子上飞奔而来，上台拥抱了爸爸……

江一楚朝唐乔月略一点头，准备就绪——

明明音乐嘈杂、人声鼎沸，他却恍惚中，回到了华川中学的大礼堂——

那一刻，所有人都在看他，这一刻，也如此。

那一刻，陈启军老师和陈澈都震惊到失去呼吸。这一刻，也……会如此吧。

"……有请下一位家长！"

一个轻轻柔柔的女声从帘幕后面飘出，旋律温软——

"明月几时有？把酒问青天。不知天上宫阙，今夕是何年。我欲乘风归去，又恐琼楼玉宇，高处不胜寒。起舞弄清影，何似在人间？"

渐渐从台后走出一身黑礼服的女子，头发高高盘起，将光洁的额头展露，气质刚柔并济、余味袅袅。

一位优雅的母亲。

大家都好奇，谁会站起来？

乐曲行进着，大家开始四处张望——

江一楚早已料到似的，连忙对礼仪嘱咐："你快去叫……"

突然感到手臂上有人在敲打自己，唐乔月让他透过缝隙看——

陈澈正从位子上站起，全场发出一片"哦……"的欢呼。

江一楚对礼仪笑了一下："不用去了，他来了。"

"冷吗？"

后场，看方碧晴在一旁发抖，唐乔月问，"披我的衣服吧。"

方碧晴警觉着退后一步："不用。"

"想跟你和好。"唐乔月神色诚恳道，"也希望……能帮你跟李好和好。"

方碧晴瞪大眼睛："你……又知道了？"

"我……"

不等唐乔月说完，方碧晴就转身。

"方碧晴！"唐乔月焦急中喊，"我们可以一起帮小姨！"

方碧晴触电般停下脚步。

"只要跟李好和好，小姨的事，我们可以一起想办法。是我激怒你的，我也有责任，对不对？我还要告诉你，其实，拉赞助这件事，我也走了旁门左道。我让魏书林帮忙，恶意刷分，试图换钱。但还好，没成功。实话说，我确实怕你赢过我。我总想，为什么不比你差，却总是在关键时刻差你一点？那一点，不是什么难以逾越的东西啊！"

"现在，我想通了。"场外又掀起一波掌声，唐乔月必须长话短说，"其实，就是那一点——是我比不上你的。也可能就这一点，我永远比不上你。那就是——"

身后传来急促的呼叫："主持人！主持人！"

唐乔月上前，拉住了方碧晴的手："也是这一点，蛛丝一样把我们粘住了。方碧晴，也许我们失去了彼此，就都不是自己了。"

方碧晴用力眨了一下眼睛，耳朵里的欢呼、掌声，震耳欲聋，让她眩晕——

新的一年，就这样提前到来了吗？

　　睁开眼的一刹那，方碧晴错觉地以为，自己还停留在迎新晚会的那一夜。

　　寒假第一天，拉开窗帘，晨光如刚出炉的面包，闻一口，满腹都是香甜。

　　她朝下看，方景鹏的车已经停在楼底。

　　"鹏鹏哥哥买了豆浆油条和馄饨，快点出来！"妈妈在外面喊。

　　洗漱完毕，方碧晴坐下，喝一口牛奶，很轻地说了句："鹏鹏哥，你也吃。"

　　方景鹏突然顿了一下。

　　爸爸妈妈也跟着愣了一下。

　　一阵细微到仿佛可以听见滴答声的温暖，在奶香里弥漫。

　　方景鹏提议，考完，带晴晴出去转转！

　　方碧晴小心翼翼征询："能不能带我去一个地方？"

　　坐在车子的副驾位上，方碧晴看着窗外车流人流，眼前又浮现迎新那晚喧闹的场景——

　　江一楚所在的民乐队，是整场演出的压轴。

　　民乐队在台上刚坐定，一个男生就急匆匆跑到后面来问，有没有多余的演出服，他也是民乐队的一员。

　　方碧晴不知道出了什么状况，唐乔月却看着他，"陈澈？"

见那人点了点头，立刻带他奔向服装间，更改装束。

台上那根一枝独秀的笛子，像找回了失散的兄弟，音色顿时透彻嘹亮。

这些是她看到却没来得及问出个所以然的。

只有江一楚事后面带微笑地答复："陈澈妈妈去见了陈老师。据说，那是她离开家以后，第一次主动去找他……也许是为了体谅我的苦心吧。当初也是巧合，在周末去琴行买笛子的时候发现，阿姨居然是琴行里的竹笛教师！陈澈的笛子从小就是她教的……这一面他们聊了什么我不知道，但陈澈临时决定来参演，结果不算太坏吧……"

方碧晴从车上下来，远远地看到唐乔月站在那里。

"很准时啊，"唐乔月嬉皮笑脸道，"快谢谢我帮你把李好约出来。"

方碧晴略一沉顿："还没告诉他我会来吧。"

唐乔月不声不响地点点头："如果他态度不好，"唐乔月晃晃右手的一个 U 盘，"这段我们在广播台录的话，我交给他听……你里面那么长的道歉，他单循上两三遍，就晕掉了吧。"

"如果，他还是不肯原谅我呢？"

唐乔月安静地看着她："方碧晴，你知道那天我没说完的话是什么？"

"嗯？"

"迎新晚会，我们被催上台，还记得我说，你比我多的那一点是……"

方碧晴立起耳朵。唐乔月却突然把她往"缘来如此"的门口一推："等你出来，我就告诉你。"

其实……自己也不知道那一点是什么，所以只好战略性地控制了语速，挨到有人来催，顺理成章地把这无法描摹的关键敷衍过去——

只在很遥远又很近切的心底，莫名觉得，真有那样一点——

玻璃棒从烧杯的溶液里取出时沾在末端的那一点；

一粒雪籽落在头顶浑身一凛的那一点；

剪指甲时贪心多剪一寸后泛出阵痛的那一点；

那一点点……

我只知道，那一点，是存在的。

"加油啊，"唐乔月说，"就当为你下学期的演讲比赛做预演啊！"

这声加油，也是说给自己的。梁琼那儿，还有功课要做呢。女生之间的事，永远道阻且长。

但，一切总归在好起来，不是吗？

　　方碧晴站在原地，静静看了她许久，只剩下风在两人之间肆无忌惮地奔逐，发出恶作剧的声音。她朝唐乔月深深地凝望一眼，嘴唇打开，很轻很轻地说了两个字。

　　唐乔月没来得及听清，方碧晴就低下头，推门进去了。

　　唐乔月笑了，笑得很开心。她站在街边，看车来车往，晴空明亮。

　　低头，一粒微微发亮的雪籽正落在她褐色的鞋尖，悄悄融成了泪的模样。

后记：余声很短，余生还长

从 2006 年在杂志上发表第一篇作品起，不知不觉就坚持创作了十几年。收到了一大堆样刊，获过几个不值一提的奖，还认识了一批同样有文学理想的朋友。我小时候极其抗拒写作，没想到，现在竟把写作当成了人生里不可或缺的一件事——所以人生，常常是一连串的意外。

包括这本书的出版，也是一次机缘巧合。

年少时，我最看重友情，渴望亲密无间的朋友，所以写了《洞穴里的微光》；但友情难免脆弱，忍不住用点心计，就有了《直到秘密发芽》；相聚有时，且自珍惜，这份心得，取名为《一万个错别字写成的告别》；终于迎来了毕业，走散在象牙塔前的我们开始习惯遗忘，可《时光与海都记得》。至此，美好的校园故事告一段落，有点残酷，有点苦涩，是斑斓青春里那一点点咽进肚里的悲喜，冷暖自知。

我一直有很强烈的校园情结，因为在这个微缩型的、景观式的小社会里，所有矛盾的起因，可能仅仅因为"小组长来到我面前，要求我赶紧交作业"而已。我喜欢这种小切口的故事，这种单纯的、自成一体的关系生态，以及人与人之间特定的、同样带有目的性的互动模式，是我们每个人都拥有的共同记忆。那是我们熟悉的感觉：禁止恋爱、较真成绩、焦虑排名……我唯一的野心，就是想聚焦一群心里只有"学习"的"小书呆子"们，凭着那份"死心眼儿"，会为成绩拼到什么程度？

这是独属于青春的倔强和夸张。于是有了这个不算成熟，对我却颇有意义的小长篇《从此风清到月明》。

最后说说同名作品《余声不回》。这原本是写给一本校园刊物的青春散文，"摇铃挨骂"是我的真实经历，却在回忆时，嫁接了一些自然而然的虚构，从而成为一篇以假乱真的小说。这篇文章的题目，没怎么苦思，就像气囊从海里浮起，一瞬间露出了面目。感谢编辑同意将此作为书名——毕竟，这算不上一个具有畅销潜质的标题，但它收束了我的青春，让铃音始终荡漾、永恒回响。

校园青春——真的有些远了。那时候，幻想出书，书的影子都还没，后记怎么写倒早早想好了。多么好笑。可就像余声散去，再好笑，也笑不出声了。

我怀念那个招摇、稚嫩的自己。

青春过去了，人生却实打实地开始了。

余声很短，但凭音波消逝；余生还长，相拥风清月明。

谢谢你读完。

愿你心中永远回响青春的余声，对未来，步履不怯；对人生，痴情不解。

2021 年 12 月 10 日